羅密阿 與 茱麗葉

前言

第一次改編名著，還是改得翻天覆地的一次。

其實最初我也茫無頭緒，根據原著，就是羅密歐與茱麗葉兩家人是世仇，二人的愛情，乃至性命成為家族仇恨下的犧牲品。

當我在心中默唸羅密歐這名字幾十遍後，這個「歐」字忽然讓我想起已經去了彩虹橋的狗狗。牠叫阿 Out，是一隻自來犬，一看名字就知道我們當時沒認真給牠起名字，聽牠 Out~Out~ 叫便叫牠阿 Out，中文寫法則是「阿歐」。

無獨有偶，阿 Out 因為一身金黃色毛髮以及四蹄踏雪，加上捲曲的尾巴，還有不大不小的身形，總是被人誤會牠是柴犬。

不過性格方面，此歐不同彼歐，阿 Out 孤僻忌人，到處留情，然而牠對狗狗弟妹 (即是我們後來養的狗狗) 非常禮讓，而且保護意識超強，絕不讓其他狗欺負弟妹。牠不好與狗爭執，但若然被逼入窮巷，牠也是卯足勁反擊，結果右臉掛了一道傷疤，卻無損牠的英氣。

阿 Out 離開我們已經很多年了，但是牠依然活在我們和弟妹心中。

就讓本書獻給 Out 大哥，以及陪伴我們多年的狗狗手足，謝謝牠們對我們的忠心與無限的愛。

波祺

目錄

主要角色介紹 4

第 1 章 呆狗有心，佳人無夢 6

第 2 章「傻」雄救美 11

第 3 章 冤家路窄 21

第 4 章 朵朵的回憶 27

第 5 章 相見時難別亦難 34

第 6 章 失蹤了 42

第 7 章 暴風雨中逃亡 52

第 8 章 請求幫忙 61

第 9 章 梅子村歷險 68

第 10 章 攜手合作 78

第 11 章 聽鐵嬸嬸說故事 84

第 12 章 錯誤的記憶 94

第 13 章 一定要留下來！ 101

第 14 章 以死相迫 107

相遇的故事 阿飛與羅密歐 118

　　　　　　羅密歐與茱麗葉 121

後記：波祺創作學堂 124

主要角色介紹

羅密歐

　　相當有肉感的柴犬，天生一副呆萌表情，性格樂觀，與阿飛是好兄弟。自從某件事後，深深戀上茱麗葉。

♥ 羅密歐 ♥

♥ 茱麗葉 ♥

茱麗葉

　　天生麗質、流着高貴血統的查理斯王小獵犬，自帶公主光環，總能成為狗狗的焦點，卻對同類不屑一顧，沒料到被羅密歐攻陷心房。深愛主人朵朵，一心為她幸福着想。

村長

　　阿飛的爺爺，梅子村中受人敬重的村長。

♥ 村長 ♥

朵朵

　　茱麗葉的主人。認為自己的情路被神明詛咒。討厭阿飛，恨不得把他碎屍萬斷。寵愛茱麗葉，認為茱麗葉是她唯一家人。

♥ 朵朵 ♥

阿飛

　　羅密歐的主人，以在家翻譯圖書為生，「梅村四虎」* 之一。小時候跟朵朵生活在同一條村莊，與朵朵說話時總是有意無意的挑釁對方。與羅密歐偶遇後，從此過着一人一狗的生活。

*「梅村四虎」其餘三個是王國、二虎、文朗。

♥ 阿飛 ♥

鐵嬸嬸

　　自小住在梅子村內，性格喜怒無常，說話帶濃重鄉音。

♥ 鐵嬸嬸 ♥

第 1 章

呆狗有心，佳人無夢

夜裏，微風送爽。

羅密歐濕潤發亮的鼻子動了動，眼珠因為做夢而瘋狂旋轉，肚皮朝天，腳抖動了兩下，黑色的鼻子動得更明顯。突然，羅密歐翻轉了胖胖的身軀，甩甩頭，口水四濺。

羅密歐引起了正在敲打鍵盤的阿飛的注意，但阿飛沒多理會，因為他清楚知道，接下來會發生甚麼事。

羅密歐搖動胖墩墩的身體，「踏踏」聲的走出睡房，跳下樓梯，伏在地上艱難地穿過大門左下角、並隨着牠體重上升而越來越窄的小洞。爬出室外的牠，抖抖金黃與白色的毛髮，像賽跑選手伸長四肢，輕盈穿越庭園，把頭天衣無縫地擠進矮圍牆的三角形洞口，再一次完美抵壘。

洞口不大，羅密歐臉上的胖肉被擠成一團，連眼睛也睜不開，只能露出一道小縫。牠瞇眼露舌的靜待心儀的女生經過。

當空氣飄散一陣甜膩如口香糖，又混合**玫瑰香氣**的味道，這隻柴犬的胖尾巴開始一擺一擺，輕輕搖晃着。隨着那股味道充滿牠鼻腔每個細胞，那捲曲成螺旋形的黃尾巴激動地搖擺，甚至發出低鳴，口水都流到嘴角。

一會兒後，臉上化了精緻韓妝的朵朵，牽着她心愛的茱麗葉，在街道轉角處出現。她戴着耳機播放**喧鬧的音樂♫**，作為名種狗的茱麗葉昂首挺胸，對在身邊經過的大狗小狗一概不搭理。牠大小姐只管優雅的走好每一步。

然而，擁有高貴血統的茱麗葉很難無視那隻肥笨柴。

大概是一個月前，牠每晚與朵朵散步時，就會看見那隻蠢呆的黃色生物。那生物把頭卡在牆上的洞肆無忌憚地盯着牠瞧，還流了**滿地口水**！

茱麗葉從沒受過這樣的羞辱！

更可恨的是，朵朵似乎不這樣想。

朵朵停下來，脫下耳機，發出茱麗葉逗她開心時的笑聲，對着那笨狗笑歪了腰。她摸摸笨狗的肥頭，捏搓牠臉頰的肥肉，還從手袋拿出**牛肉棒**。

可惡！朵朵不要給那噁心生物零食！牠居心叵測！

「哎喲，茱麗葉，這是牛肉味，你不能吃喔，我們請柴柴吃。」朵朵一手安撫撐在她大腿上的愛犬，一手把牛肉棒塞進羅密歐的口中。

羅密歐掛在脖子的銀牌隨着牠伸長頸的動作，露了出來，**閃閃發亮**。朵朵蹲身察看上面的字，噗哧一笑。

「哈哈！茱麗葉，這隻柴柴是你的羅密歐喔。」朵朵調笑道。

茱麗葉生氣地「汪」了聲，厭惡地瞪了眼那隻因咬住牛肉棒，而口水滿地的羅密歐。

「好啦，寶貝不生氣，回家給你零食。」

朵朵拿出手機拍了羅密歐猶如叼着香煙的憨態，發給男朋友。不用五秒，許昌便回覆她。朵朵心中一陣盪漾，經歷六次失敗的戀愛，她這次真的遇上真愛。

看見茱麗葉不悅地用屁股對着自己，朵朵親親牠如賓尼兔的長耳朵、拍拍牠的頭，一邊與男朋友通訊息聊天，一邊牽着茱麗葉繼續散步。

平房二樓的阿飛從電腦前抬起頭，發現羅密歐還沒回來。他走向窗台朝下望，只有 **冷清的街道** 。阿飛覺得奇怪，一步下樓梯，就看到大門的狗洞伸進了尖尖的狗嘴巴。

打開大門，羅密歐馬上坐起身，蹲坐門前，嘴橫放銜着比牠的臉還要長的牛肉條，高興地對阿飛笑。

阿飛按額 **嘆氣**：「你不橫放零食不就可以鑽進來嗎？難道聰明的柴犬都是別人的狗？」

他在玄關坐下來，手機放到一旁，捏捏羅密歐 **毛茸茸** 的耳朵，羅密歐捧着肉條舔了舔。

「你倒好，現在不僅偷窺，還吃了人家主人給的零食。」阿飛搶過肉條，羅密歐沒有生氣，反而伸長舌頭，雙眼發光盯着阿飛手中的美食，一臉呆萌。

阿飛拈着肉條放在羅密歐鼻下，卻不讓牠吃。牠的嘴巴瞬間變成 **噴泉** ，湧出瀑布般的口水。

阿飛對牠說起話來：「你看你動輒流口水，人家怎麼會喜

歡你？牠可是查理斯王小獵犬，是以前英國皇室和貴族玩賞的狗，血統純正、歷史悠久、身價過萬，而你除了裝瘋賣傻還會做甚麼？」

羅密歐收起滿臉饞嘴，認真的把手搭在阿飛肩上。

阿飛譏笑：「就會給手，很了不起啊？」

「汪！」羅密歐的飛沫全噴在阿飛面上，下一秒牠就瘋狂**舔著** 主人的臉。

阿飛急忙推開眼前的大塊頭，從緊抿的唇迸出含糊的話：「湊開！攞……襪毆！」

「叮噹——」

被冷落的手機彈出一條訊息：「寒一飛！，『梅村四虎』欠你一人！快回覆！」

✳第 2 章✳

「傻」雄救美

今天是長週的星期六，屬於要上班半天的工作日。

原子筆在朵朵食指與拇指之間高速旋轉，筆蓋上有狗狗公仔抱着。她百無聊賴地從公司六樓望向窗外遊人如鯽的街景。

有時，朵朵覺得這座城市像個大魚缸，營營役役的人們是缸裏的魚兒，各自為政、互不理會，而且只要有人伸手進來攪動水缸，便會風雲色變，引起驚濤駭浪，原以為安穩平常的生活便會粉碎。

在這個大水缸中，她是一尾過着熱鬧生活，同時亦寂寞的金魚。她長得並不特別出眾，但當同齡的人為了愛情何時來而**求神問卜**時，她的戀愛史已夠寫半本書了。

她身邊從來不缺男伴，男朋友一個接一個，朋友們羨慕也好，嫉妒也罷，這不是強求而來的，她也沒甚麼秘訣好分享。大家說她是沒腳的小鳥，換男朋友的速度比吃一頓飯還快，從

不為誰停留。

是啊，她每段感情都蒸發得相當快（有一段始於日出，但太陽還沒下山便已告吹）。然而，這不是她耍帥，而是她的命。所以，每當有新戀情，朋友開始眼紅她過盛的桃花運時，她已為這段感情節哀。有時候，兩個人在一起比自己獨處還要寂寞。

但是不要緊，至少大部分時候，她都不會形單隻影，而且她跟這一任的男朋友許昌相處得不錯，甚至覺得他是很適合結婚的對象。

更重要的是，她有了茱麗葉。大學時，她那老是被朋友簇擁、彷彿頭頂有光環的室友，在書櫃貼了一張與查理斯王小獵犬的合照，從此她就喜歡上這種狗。她覺得，飼養這種狗狗的人都是幸福的人。

這種純種狗價值不菲，她原本打算領養，但是那些動物機構見她是獨居女生，又沒有養狗經驗，故此多年來都等不到領養的機會。直到去年，她經過一間老牌寵物店，那孤伶伶縮在玻璃櫥窗一角、毫不合群的茱麗葉吸引了她。

她們一人一狗安靜對望了幾秒，那刻她的世界飄着一團白煙，眼中除了這隻離群的狗寶寶外，甚麼也看不見。她相信，牠讀懂了她的內心世界。

她在收銀處前毅然放下信用卡。從此，茱麗葉成為她最親密的家人。

朵朵的上司走到大家面前，灰頭土臉地宣告伺服器被黑客入侵，搶救需時，恩准他們提早回家。

她立馬抓起手袋，本想通知許昌她提前下班，但想了想，不如回家炮製愛心飯盒，再拿到他公司給他。而且到家後，茱麗葉看到她一定樂死了。

她望向手機，自出門時告訴許昌她去上班，他回了一個微笑表情後，整個早上沒再收到許昌的訊息，有點反常呢。

❀ ♥ ❀ ♥ ❀ ♥ ❀ ♥ ❀ ♥ ❀ ♥ ❀ ♥ ❀ ♥ ❀

茱麗葉窩在牠軟硬適中的公主床上，枕着可愛的兔子毛巾打盹休息。

突然，牠嗅到熟悉但不喜歡的人類氣味，戒備地盯着門口。

空氣中沒有朵朵身上散發的花香味道⋯⋯咦，這個叫許昌的男人為甚麼獨自前來？朵朵忘了帶上班的東西嗎？可是朵朵從來沒讓男朋友隻身走進來。

牠優雅的伸懶腰，邁着**守護家園**的步伐，靈活爬出大門的小洞。

「啊！」

沒料到，牠一走出小洞，一張天羅地網便迎面罩下來，牠躲也躲不及。

荼麗葉瘋狂掙扎，繩網與皮膚摩擦，讓牠很不舒服。

「呵呵，沒想到你會**自投羅網**，得來全不費工夫呀。」戴了鴨舌帽的許昌涎着臉，對被困在捕獵網中的荼麗葉心懷不軌地笑着。

「放我下來！你這個醜男人！」荼麗葉齜牙咧齒，狠狠瞪許昌。

牠的低嘶聲聽在許昌耳中，只是不痛不癢的威嚇。

一種奇特的聲音響起，許昌連看也懶得看，那是他為了方便行事，特別為朵朵而設的訊息聲音。過了今天他就不用再跟

那個女人糾纏了。

他再度束緊 **捕獵網** 頂部的空隙，茱麗葉漂亮的五官擠壓在一起，難以呼吸。

「傻狗，要怪就怪你主人，我不過哄她幾句，她就 **心花怒放** 。她不要叫朵朵，叫傻傻還差不多，哈哈！」

許昌自顧發笑。茱麗葉恨得咬扯繩網，卻徒勞無功。

牠早知道這個男人不是好東西！他每次看過來的眼神都透露他另有目的，但是牠沒有辦法告訴朵朵，她又聽不懂狗語，所以牠只好監視着他，牠曾一掌打到朵朵手機上許昌的照片，或者聽出電話另一端是那個 **壞男人** ，牠就尖聲叫。然而，這些朵朵全都不能理解，還扭曲了牠的意思，以為牠看到許昌就變得興奮。

「茱麗葉，以後我就是你爸爸。只要給我生一堆名種狗寶寶，幫我發大財，你就可以多活幾年。不然，等着活活給餓死！」許昌 **猙獰** 地笑，露出充滿煙漬的黃板牙。

茱麗葉預測到即將要面臨甚麼噩運，不禁驚恐得 *發抖* 。

這時牠瞄見那隻平時老是想跟牠搭訕的唐狗，牠正在花園

外蹓躂，茱麗葉猛對唐狗使眼色。

「救我！」

唐狗停下來，巡視着現場。

許昌緊盯那**體型精悍** 💪 的黑色流浪狗。他探手入背包，如果牠衝過來，他就使出殺手鐧。

然而唐狗哼了聲，以高傲的語氣回應茱麗葉：「你平時不是自恃血統純正，瞧不起我們流浪狗嗎？你不是認為我們連瞧你一根毛也佔了你便宜嗎？要我救你？我怕我擔當不起啊！」然後邁開沾滿泥巴的四足，消失於茱麗葉眼中。

「嗚⋯⋯」茱麗葉咖啡色的眼睛漲滿強忍委屈的淚水。

天見可憐！牠又不是故意瞧不起人，誰讓牠天生體內就流着**貴族的血液** 💧，牠也控制不了自己呀，黑狗不能因為這樣就見死不救！

「好啦，別動來動去。」得手的許昌趕着離開。

然而，一隻**肥頭大耳**的柴犬蹲坐在鐵欄的門口前，堵住了他的去路。

「天啊！你這隻大蠢狗在這兒幹嘛？快去找救星！」雖然

現在性命安危全靠羅密歐，但茱麗葉還是不忘罵牠。

許昌自然聽不懂狗語。他疑惑地盯着笑得眼睛瞇成一道縫的羅密歐，覺得牠非常滑稽。即使他不認為這隻冒出來的柴犬會對他構成威脅，但還是迅速地從背包拋出 **一隻雞腿**。

「你使詐！」茱麗葉狂吠。

許昌滿意地看着羅密歐俯伏在雞腿前，開心搖着尾巴。繩網中的茱麗葉不斷吠叫。為免驚擾到附近的人，他從背包取出電擊器，對準瘋狂扭動的茱麗葉，想把牠**電暈**。

電光石火間，許昌手臂一痛，茱麗葉和電擊器同時在他手中飛脫。

原來，被肥美雞腿迷倒的羅密歐，忽然記起自己跑來這兒的目的，於是撲上去用盡全力咬住許昌，而且無論許昌如何**揮動手臂**，或者用另一隻手揍牠的大狗頭，牠也不鬆口。

茱麗葉在網內掙扎，奈何網口束得太緊，牠完全幫不上忙。

許昌敵不過羅密歐的重量，一人一狗倒在地上扭成一團。他摸到跌在地上冰冷的電擊器，抓住它對着羅密歐肥厚的背部

按開關掣，羅密歐頓時慘叫，從許昌身上彈開來。

手臂上的劇痛徹底惹怒了許昌，此時他已經把「正事」忘個精光，握着電擊器 向受傷的羅密歐逼近。

「是你自找的！」

「不要啊！」茱麗葉害怕得用手掩眼。

「羅密歐，有老鼠 ！」

本來痛得雙腳乏力的羅密歐，突然如被針刺般跳起身，轉眼已亂竄到花園角落，驚魂未定。

「你想對我的狗怎樣？」身穿跑步裝的阿飛出現了，嚇了許昌一大跳。

「那隻畜牲襲擊我，咬斷了我的骨頭！我現在就去看醫生，那畜牲等着被人道毀滅！」許昌眼見事敗，急不及待逃離現場。

「等等！既然我的狗咬傷了你，我們應該先去警局，你意下如何？」阿飛還是那種優哉游哉的態度，彷彿他在談論未來一週的天氣。

「走開！我約了人！」

「剛剛不是說看醫生？現在又改成約了人？」

阿飛擋住許昌去路，二人視線一接，許昌彎腰伸出電擊器，阿飛一手抓住他的傷臂，許昌應聲倒地，抱臂發出野獸負傷的叫聲。

阿飛走向羅密歐，卻發現牠突然**目露兇光** 👁️ 👁️。下一秒，他頸項一陣酥麻，失去了知覺。

原來許昌只是假裝倒地，趁阿飛背過身之際，就用電擊器偷襲他。

他本來想抓起還在網內的茱麗葉，但是羅密歐突然發狠**疾衝過來**，簡直想把他吞進肚子，他嚇得腳底抹油，飛快逃跑。

第 3 章

冤家路窄

　　乘車回家準備炮製愛心午餐的朵朵，終於收到男朋友的訊息，她一看，卻是晴天霹靂的消息。

　　「原來你已經有男朋友！*我們 分手吧！* 💔」

　　朵朵莫名其妙，不停撥號給許昌都被直接掛線，訊息狀態也顯示對方沒法收到她的短訊，她知道這代表自己被對方封鎖了。可是為甚麼？甚麼叫她有男朋友？她的男朋友不就是許昌嗎？

　　然而，許昌的訊息比不上回家看到的畫面來得讓她愕然。明明她關上鐵柵，為甚麼茱麗葉可以衝出來撲進她懷裏？而且每根她梳得*柔順亮麗*的毛髮都在震顫，看起來慘兮兮？

　　「寶貝，發生甚麼事？」她蹲下來抱住牠，憂心忡忡。

　　「牠差點被劫走，嚇壞了。」阿飛從花園走出來，羅密歐怕主人迷路般緊貼在他腳邊。

21

「你……你在我家幹嘛？」朵朵 瞬間懂了，她叫嚷：「原來是你！許昌一定是過來我家給我驚喜，然後看到你在裏面！」朵朵喝了聲，腦中快速運轉，家中來了小賊，她得想想身上有甚麼東西可以自衛。

「朵朵，是他們救了我！」茉麗葉拼命咬扯她的褲腳。

「寶貝你不用害怕。光天化日擅闖民居，報上名來！」她找到新買的眉鉗。

「小姐，你不用忙着對付我。」阿飛語帶無奈又覺得好笑。如果不是經歷一輪搏鬥，他左掌舊患發作使不出力，他應該會笑出聲。

「好笑！難道要我列隊歡迎你們 一人 一狗 入侵我家園？說！你在我家花園想幹甚麼？你是不是欺負我寶貝？」她惡狠狠瞪他，恨不得在他臉上瞪出幾個洞。

「你自己看。」他退到對面街燈下，攤開雙手證明自己沒有藏有武器。

朵朵抱起茉麗葉，小心翼翼地返回她租住的平房，卻見 一片凌亂，草地上有點點血跡，還有一個網軟趴趴放着。

「我差點被辣手摧花了。」茱麗葉的小手環抱朵朵的脖子，心有餘悸。

「你男朋友趁你不在，帶了捕獵網前來綁架你的狗狗。我們打跑了他，不過怕他折返，所以就留在你家等你回來。」他摸摸羅密歐的頭，還好今天他心血來潮拐入另外一條路跑回家，不然不僅她的狗狗被盜，救心上人心切的羅密歐也會受重傷吧。

「這怎麼可能？許昌很關心茱麗葉，每次過來都會買零食給牠。這麼多男朋友之中，他是對茱麗葉最好的一個，茱麗葉也喜歡他呀。」朵朵拾起捕獵網，上面還纏了幾根茱麗葉的毛髮。她腦海一片空白。

「我哪有喜歡那個拐子販？」茱麗葉生氣地掙扎，羅密歐馬上衝過去，站在朵朵身旁笑望茱麗葉。

阿飛踢掉石頭，揶揄：「我猜連茱麗葉也看出那個許昌心懷不軌，就你被愛情沖昏頭腦。」

朵朵眉頭一蹙，這人的責備未免太唐突，好像他們是認識很久的老朋友。更奇怪的是，那撥向一邊的短髮、清爽的臉容、

有意無意露出嘲弄笑意的眼神，還有那比她更雪白的四肢，竟然感覺眼熟。她深埋記憶深處的某些片段，好像『咔嚓』一聲破土而出。

　　茱麗葉已掙脫朵朵的懷抱，輕輕舔着羅密歐胖如戴了圍巾的頸項毛。

　　「你沒事吧？笨蛋。」茱麗葉問。

　　「很多粉紅色泡泡在飛來飛去。」羅密歐尾巴緩慢的一擺一擺，牠覺得自己好幸福，完全無視眼前兩個人類的劍拔弩張。

　　「我最討厭你這種自以為是的人！說不定有甚麼誤會……許昌不會這樣對我的，他明明很喜歡茱麗葉，他還說將來我們結婚要多養一隻狗狗陪茱麗葉。」朵朵再次撥號給許昌，但這次竟然是號碼已經停用，就像詐騙集團🔍♂♀，得手後就消失。

　　阿飛勾起半邊唇，訕笑：「你認識他多久？這樣也信？他要麼偷了茱麗葉把牠賣掉，要麼弄個地下狗場，逼迫茱麗葉不停生狗寶寶給他賺錢。最近這種人很多，不過你大概忙着幻想

25

穿甚麼婚紗，連新聞也不看。」

　　雖然無數不雅的字眼飄過朵朵的腦海，但她沒有反駁。**她的心涼透了！**她差點失去茱麗葉，而且是她親手推牠進火坑……

　　「走吧，羅密歐。」阿飛瀟灑轉身。

　　「我會再來看你的。」羅密歐舔了茱麗葉滿頭口水。愛美的茱麗葉忍不住兇狠地咬牠脖子的肥肉。

　　朵朵聽到柴犬的名字，原本在想那隻就是平常喜歡擠在牆上洞口的肥柴，但是當她聽到某個姓氏，那段回憶**頃刻**解封🔒，她激動得不能自己。

　　「寒先生，出來遛狗啊？」鄰居老陳看到阿飛打招呼。

　　阿飛的心猛地一沉。

　　「**寒——飛**！」朵朵指住阿飛，脫口而出。

　　阿飛的沉默，印證了朵朵的猜測。

　　「原來是你！」

✴ 第 4 章 ✴

朵朵的回憶

嚴格來說，寒一飛是她的仇人。

自十歲那年，她倒足了一輩子楣，這全拜寒一飛所賜。

這一切的開端，要由叫 **梅子村** 🍑 的那個鬼地方說起。

這條村莊盛產肉厚、爽脆多汁的梅子，而她與寒一飛都是在梅花幽香中長大的孩子。

寒一飛的祖父把一生奉獻給村內的經濟發展，是村子裏備受敬重的村長。聽說寒一飛在襁褓時，他的父母意外過世，便由村長一手帶大。

不過，寒一飛是個非常叛逆的孩子，在她印象中，每天都會聽到村長對孫兒的吼叫。寒一飛還跟三個同齡的孩子組成以他為首的「梅村四虎」，日日只顧玩耍，*到處搗蛋*。

說也奇怪，她那時候總喜歡纏着他們，就算他們表明不歡迎女生加入，還嘲笑她，她依然像跟屁蟲一樣追着他們，還自

詡為「梅村四虎一雌」裏面的英雌。

　　成年後，她想，也許是當年爸爸到城裏工作，早出晚歸，媽媽一早起來就耕田、摘梅、醃製梅子，分身乏術，家中只有姐姐陪她。但是姐姐個性沉悶，沒有半點樂趣，她才會鬼迷心竅地膩着那四隻小鬼。就算被當成流浪狗般驅趕，她也賴着不走。直到她跟寒一飛因為小爭執 打了一場大架 ，兩人臉上、身上全是瘀青，他才批准朵朵成為他們一份子。

　　小時候的朵朵，以為那是她一生中最光榮的時刻。

　　村上有一株超過三百年的老梅樹，長輩之間流傳一個言之鑿鑿的傳說：遠在清朝時，這株老樹已經巍峨聳立在山坡上，多年來經歷風吹雨打依然屹立不倒。村民深信這是一株寶樹，他們甚至請來風水大師，推算出大樹是某位神靈的化身，負責鎮守村落的經濟命脈，所以數百年來，村莊才得以繁榮昌盛。

　　「樹在、村在、財富在」，這是當時大師得出的結論。

　　然而這個傳說對朵朵他們來說，只是個動聽的故事。他們習慣了衣食無憂，根本不會認真看待。

朵朵記得那天是連續數月豪雨過後，悶在家中的她終於可以跟那四隻小鬼滿山跑。也許他們五個小孩太無聊了，走着走着竟然來到老樹那邊。她清楚記得是愛裝老大的寒一飛提議爬上樹。他們五個小孩像螞蟻一般爬上老樹，然而，大樹**突然傾側**，下一秒整棵樹直墜山坡下，而他們僅僅趕得及從樹上跳下來。

看着大樹只剩下蓮花般*參差不齊*的底部，他們幾個愣住了。雖然他們常把大人的話當耳邊風，但也知道他們有多看重這株樹。大樹整棵倒塌，不是被大罵一頓可以解決。他們私下決定誰也不准把這件事說出去。

大樹所在地雖然不是經常有人前往，但是從村口的位置遠眺，一眼就可以捕捉到大樹。所以，大樹傾頹的壞消息很快傳遍村裏。村民深感**大禍臨頭** ☠ 之餘，拼命找出毀壞梅子村風水命脈的兇手。

那幾天朵朵一直不敢出去，下課後就回家做功課，連姐姐也覺得她奇怪。其實她根本連一個字也讀不進心裏，她很怕被大家知道寶樹是他們推倒。

平安度過幾天，她以為無人再追究。哪知，有晚她在睡夢中被人用力搖醒，毫不溫柔，好像她是一具破爛的布娃娃。她睡眼惺忪，沒來得及看清發生甚麼事，就被拖扯出屋外。

即使經過很多年，即使她已經是 10+n 歲，她還是會夢見當晚的情景，嚇得冷汗淋漓。

當時屋外火光熊熊，村民手上各執火把，人們的臉在火光掩映下猶如日本傳說中的惡鬼，猙獰悸怖。爸爸媽媽跪在地上向村長求饒，姐姐被禁錮在旁，她被人從後提起來。

在她受驚的視野中，看到「梅村四虎」的三虎，他們一口咬定她是導致寶樹倒塌的罪魁禍首。

「是雲朵朵提議爬上樹！我們叫她不要。」

「雖然搗蛋是我們的興趣，但我們也是有分寸的。」

「我們叫她下來，她就是不肯！她還笑我們不敢爬上寶樹，覺得自己很威風。」

「是寒一飛提議！你們全部都有份爬樹！」她咆哮，三人心虛地縮起脖子。

身形頎長、唇邊留着兩撇鬍子的村長發話：「雲朵朵，你不用狡辯了。寶樹既是你爬，也是你推倒的。他們三人還有我孫兒一同指證你，你沒法抵賴。小飛雛調皮，但他是我的孫兒，自小就知道寶樹碰不得。寶樹沒了後，他也病倒了。當初就不該讓你們外省人住進來！」

　　翌日她們全家被轟出村。她跟家人的關係跌至冰點，沒有人相信她只是附和寒一飛提議才爬樹，而且爬樹的根本不止她一人！

　　媽媽是個迷信的人，當初就是算命大師告訴她必須舉家搬到梅子村，爸爸的生意才會好轉。被趕離村莊後，爸爸的生意雖然沒有滑落，但是爸媽總是吵架，沒幾年竟然離婚了，而姐姐交了壞男朋友被騙財。媽媽把這一切賴到她頭上，言之鑿鑿的轉述甚麼大師的話，說因為她破壞了梅子村的大樹，梅樹神靈怒不可遏，要褫奪他們的愛情婚姻來報復。

　　自此她被媽媽當成災星，母女關係惡劣，形同陌路，與姐姐關係也疏離。

　　她的愛情也爛透，雖然桃花運極旺，卻總是遇人不淑。媽

媽說這是她的報應，她們全家都不會遇到真愛。

　　她不明白，就算真有神明，為甚麼連祂也沒看清誰才是主謀？這一切都是因為寒一飛，如果不是他提議爬樹就不會生出往後的事端。當年他們四人一同指證她，推卸責任、**厚顏無恥**，連狗屎也不如。

　　而且，難怪她最近倒楣到交到想綁架茉麗葉的男朋友，因為寒一飛住在這附近！只要他出現在她附近，她的戀愛運只會更差！

她的**不幸**全是**寒一飛**的錯！

第 5 章

相見時難別亦難

「寒一飛！爛東西！」

茱麗葉長長的耳朵垂在地上，沒精打采地望着朵朵，不禁嘆氣。

朵朵在 A4 紙上寫上「寒一飛」，不停用高跟鞋**敲打**那三個字，對他殺之而後快之情表露無遺。

自從那天朵朵發現羅密歐的主人叫寒一飛之後，她每晚就會這樣洩憤。牠不知道他們之間有甚麼過節，但是朵朵不再經過羅密歐家前。牠跟那笨蛋很久沒見了。

不過，說來奇怪，這幾晚牠一直聞到羅密歐的味道，而且今晚更*濃烈*，可是牠不敢出去看。直到深夜過後，朵朵傳出細微的鼻鼾聲，牠才跑出去花園一探究竟。

沒料到，圍欄大門明明關上，羅密歐卻端坐在花園搖着尾巴。

牠開心「汪」了聲，嘴巴立即被茱麗葉攻擊。

「別吵！你怎麼進來的？」

「挖洞進來。」牠挪動身體，讓茱麗葉望見身後的地洞。只見圍牆下的土地鬆動，在花盆後隱約可見一條隧道。

「你破壞了朵朵為我精心佈置的遊樂場！」茱麗葉的尾巴威嚇性地慢搖。

羅密歐嗚咽一聲趴在地下，用 肉 掌 掩蓋雙眼。

「我很久沒看過你呀！唯有挖地道過來偷情。」

偷情？茱麗葉全身 竄過一道電流 ，連幼細如絲的毛髮也豎直。

牠把小小的手搭在羅密歐的大頭上，嬌氣地道：「本小姐何等高貴，要跟人偷情？最多……是幽會。」

羅密歐放下雙手，望着茱麗葉毛髮根根分明的臉，無憂無慮地說：「那甚麼時候可以升級到約會呀？」

茱麗葉幽幽望向二樓的睡房。

朵朵跟阿飛之間不知道發生過甚麼，只要矛盾不消除，牠跟羅密歐永遠只能這樣 偷偷 見 面 。

「不要不開心呀，這樣也很好。」羅密歐彷彿有讀心術，用鼻子推推茱麗葉。

茱麗葉卻嗤之以鼻：「好？你以為每隻狗都跟你一樣低水準、沒要求？好歹也要迎向夕陽，一起在沙灘奔跑，或者一起坐在咖啡廳吃狗狗冰淇淋……」

茱麗葉的抱怨如風吹過草地的聲音，**輕輕催眠**羅密歐入夢。

朵朵不知道她的花園每晚都有小情侶私會，而阿飛則一清二楚，全因每到深夜，跟他一同睡在床上的羅密歐都會踩過他的背，飛奔出去。那沉甸甸如一大袋米的重量害他腰痠背痛。

這天，阿飛用牽引繩帶羅密歐外出添置日用品。

他揹着背包，右手牽羅密歐，左手提着一袋橙。可能最近忙着新書翻譯，用手過度，他手一軟，**整袋橙**● **跌到地上**，有兩個沿路滾下去。

羅密歐馬上追着橙跑，用鼻子定住一個，再用前掌按住另

一個。牠像**耍雜技**般，先用鼻子把其中一個往回推，趁它滾動的空檔，馬上推另外一個。當兩個橙順利回到阿飛腳旁，四周起了一陣騷動。

原本熙來攘往的街道靜止下來，人們爭相拿出手機錄影、拍攝，甚至現場直播救橙過程。

「謝謝了。」阿飛拍拍牠的頭，牠對圍觀鼓掌稱讚牠的人露出舌頭微笑。

「哥哥，你是怎麼訓練柴柴的？」人潮中有個**小女孩**問。

「我沒有訓練過，牠來到我家時已經會。」

「咦，是一出生就會撿東西的柴柴！」女孩驚喜地嚷。

阿飛蹲下來，與羅密歐的視野水平對望：「不是，柴柴是被人棄養，應該是前主人訓練牠吧。」

羅密歐把手放在阿飛肩上，眼神堅定：阿飛，我永遠都會守在你身邊。

四周又響起一陣讚嘆聲。

「**大冬瓜？**」

羅密歐聽見那個奇怪的名字，豎起耳朵，目光在人群中尋

找甚麼。

「真的是你嗎？大冬瓜！」一名妙齡女子推擠穿過人海，在人群形成的圈前彎腰展開手臂。

羅密歐專注地望着女子，眼睛瞇成一條線，「汪」了聲，以九秒九速度直奔對方懷抱。

久別重逢的他們抱在一起，女子臉上手上都是羅密歐的口水。

「小姐，請問你是？」站在原地的阿飛問。

衣着火辣的女子撥着卷曲長髮，說出琅琅上口的一句話：「我是大冬瓜主人。」

阿飛頓了頓，臉無表情：「牠現在叫羅密歐，你充其量只是牠前主人。」

人潮對於這突如其來的風波非常感興趣，圍觀過來的人越來越多。

「我可沒有棄養大冬瓜啊。」女子眨動無辜的大眼睛，聲音甜美得令圍觀者一陣酥麻：「一年前，大冬瓜走失了。我找牠找得多辛苦，我都茶飯不思了！」說着眼

角閃動淚光。

女子牽動途人的情緒，大家都為她感到心疼，還有人給她遞面紙。

「**那真奇怪**???，當年我根據羅密歐晶片上的主人資料聯絡你，你當時說的是……」阿飛摸摸下頜，露出回憶的表情：「你跟男朋友分手，所以作為愛情結晶品的羅密歐也不要了，對吧？」

女子臉一熱，還好有濃妝替她掩飾。

「人家失戀自然情緒低落，會胡言亂語。分明是你看大多瓜聰明，我胡謅一通，你連規勸也不規勸，便把自己當成大多瓜主人。小哥，我看你五官端正，沒想到如此*心術不正*。」女子攬緊羅密歐，牠置身事外地傻笑。

周圍開始有人為女子抱不平，說阿飛不是。

「小姐，你連自己情緒也管理不善，要如何照顧一隻狗終老？」阿飛還是不冷不熱的態度。

女子反唇相譏：「先生，你連幾個橙也**拿不穩**，我怎麼放心把大多瓜交給你？」

有人附和連連，更有人發出嘲笑。

左手的殘疾曾經令阿飛淪為笑柄，不過他已不是當年會因自卑而暴衝的自己了。

他笑得雲淡風輕：「對啊，我的左手半廢了，還好照顧羅密歐用右手已經**綽綽有餘**。」

女子柳眉倒豎，說不過阿飛便撒野：「我管你左手右手，總之感謝你從前照顧大多瓜，以後大多瓜不需要你了，有我就夠！」

阿飛望向羅密歐，牠還是那副**憨厚的表情** ☺，不見得討厭那女子，或趕着回到他身邊。

「不論任何理由，在你棄養羅密歐那刻開始，就失去重新認養牠的資格。」女子想辯駁，但他緊接着說：「不過，如果羅密歐跟你生活會更開心，我會放棄作為牠現任主人的身分。」

女子眉開眼笑，只差沒舉出勝利的**「Ｖ」字手勢** 。

這段小風波被錄成影片放上社交網站，更在朵朵與阿飛所住的Ｘ城的社交專頁「Ｘ城每日焦點動態」廣傳，影片大字標

題:「柴柴幫忙撿回橙,引發真正主人爭奪戰!」

朵朵重播阿飛被女子針對的片段好幾遍,心涼到不得了。

「這個寒一飛,小時候做錯事只會推卸責任,長大後壞到偷人家的狗。寶貝,我就跟你說寒一飛不是甚麼好人,千萬別因為他幫過我們一次就對他另眼相看。要不是他慫恿我爬樹,神靈就不會遷怒於我,斷我姻緣。他欠我的,這一輩子也還不清!」

電腦螢幕倒映朵朵咬牙切齒的臉,而被抱在懷中的茱麗葉則了無精神。

第 6 章

失蹤了

茱麗葉蜷縮在牠的公主床上，鬱鬱寡歡。

連續好幾晚，牠都聞不到羅密歐的氣息。難道那傻狗笨到返回牠前主人身邊？那個女人一看就知道不是信守諾言的人！阿飛也是！怎麼可以讓羅密歐說走就走，他們 一人  一狗 一個比一個蠢！氣死牠了！而且羅密歐竟然一聲招呼也沒打就走了，牠當本小姐是呼之則來、揮之則去的東西嗎？

臭羅密歐！壞羅密狗！笨狗蠢狗！

朵朵坐在茱麗葉旁邊，把雞肉餅乾放到牠面前，但牠連一眼也沒看，繼續「苦瓜乾」的表情。

朵朵替牠按摩太陽穴，擔憂道：「寶貝，你哪兒不舒服？這兩天吃得那麼少，連平時最喜歡的雞肉餅乾也不吃。乖乖，明天帶你看醫生。」

隔天到了診所，醫生驗了血、照了超聲波，一切正常。醫生問最近家中會否有甚麼變化，例如搬屋、親人搬了進來或搬出去，或者飲食改變等等。她想了想，除改了 另一條散步路線 ，其他一切正常。但是她的遛狗路線改了很久呀，茱麗葉當時未有異樣。

「寶貝，你到底怎麼了？」朵朵愁眉不展。

最後醫生開了些開胃藥，並叮囑她如果情況再沒改善，便要回來再做深入檢查。

茱麗葉吃了開胃藥，胃口只好了一點點。牠明明餓到肚子咕咕聲，卻不停撥弄狗糧，不肯再吃多一口。牠這種情況，朵朵沒由來聯想到自己失戀的模樣，也是 吃不知味 ☹，分明飢腸轆轆，卻像有甚麼堵在胃裏，沒法多吃半口。

可是⋯⋯這不可能呀，茱麗葉又不是人類，怎會失戀？而且牠跟誰戀愛？除了她，牠不可能愛別人。

朵朵躺在地上，肚子咕咕作響。茱麗葉生病，她也吃不下咽。

「明天帶你買漂亮的公主裙子好不好？還有 45cm 長的趴

43

地史諾比做你男朋友。」

　　隔天，她替茱麗葉穿了一條粉紅色泡泡裙，背上還有一對可愛的小翅膀。

　　突然，心血來潮，她走到以前會經過阿飛門前的街道。

　　茱麗葉不禁抬頭看了朵朵一眼。

　　咦，是她的錯覺嗎？朵朵忽然覺得茱麗葉精神抖擻起來。快接近羅密歐習慣露出狗頭的圍牆時，她更覺得茱麗葉全身肌肉都在緊張顫動。不過，圍牆沒有柴犬狗頭，牠又回復到沒精打采的神情。

　　「不會吧……」朵朵難以置信，為甚麼寶貝的表現彷彿在透露羅密歐與牠的快快不樂有非比尋常的關係？

　　猶如解答朵朵的疑惑──街道盡頭轉角處，出現茱麗葉日思夜想的肥胖身影。

　　「我回來了！」羅密歐朝氣勃勃「汪」了聲，扯住阿飛奔向茱麗葉。

　　「早。」阿飛打招呼。

　　朵朵與茱麗葉的臉幾乎一樣臭，朵朵哼了聲，對她的仇人

愛理不理 😣，而茱麗葉傲慢地一甩長耳朵，對羅密歐視而不見。

阿飛抓抓羅密歐雜毛叢生的頭，斜眼睨牠：「人家不理你還笑。」

「茱麗葉害羞呀！牠一定很想我！」羅密歐**中氣十足** ✊地汪叫，吵得阿飛要用手指塞住耳朵。

回到家後，朵朵把史諾比放在茱麗葉床邊。她為牠準備晚餐時，牠終於搖着尾巴走過來了，看起來快餓壞。

「你這個愛美的小公主，原來你想要新裙子和大玩偶男朋友。我就說你不開心怎會跟那隻肥柴有關係？」朵朵滿意地望着茱麗葉大快朵頤。

當晚，羅密歐已等不及深夜便衝出門找心上人。等到朵朵房中一片漆黑，牠才鑽進花園 🌼，坐在花盆旁傻傻等待。不過，茱麗葉並沒有出現。一連幾晚，牠都看不到茱麗葉，但是牠有的是無限耐心。

牠每晚都從家中帶來零食，準備見到茱麗葉時便送給牠。阿飛還體貼地做了個可以放小東西的布袋，掛在牠頭上，用來

放禮物。

· ♥ · ♥ · ♥ · ♥ · ♥ · ♥ · ♥ · ♥ · ♥ · ♥ ·

朝暾自東邊升起，在天空潑染了一片橘紅色，樹上的鳥兒 開始鳴叫。羅密歐等着等着，不小心躺在花盆邊睡着了，粗短的腿在空氣中狂踢。

茱麗葉鬧了好幾天彆扭，這個早上醒來竟然還嗅到那壞狗的味道。牠攀住床緣站起，看到朵朵好夢正甜，便咬住身長45cm 的史諾比娃娃下樓，準備*向那壞狗* **示威**。

牠爬出大門的洞口，把頭伸回去想叼史諾比出來，豈料史諾比的身體實在太臃腫，牠費盡全力把它的頭扯出來後，已沒力氣應付它的下半身。

茱麗葉氣來氣喘走到那睡死了的肥柴身邊，用後腳毫不留情踢牠的臉。

羅密歐彈跳起身，睡到掉出來的舌頭還來不及收回去，一臉天然呆。直到發現眼前嬌小的茱麗葉，才激動地磨蹭茱麗葉的臉。茱麗葉被牠*撞倒*在地上，羅密歐還是沒停下來。

「夠了！夠了！你給我停下來！」茱麗葉喘氣怒罵。

羅密歐在茱麗葉肚子上再推了一下，才捨得抬起頭。茱麗葉逮住這個空檔反擊，張口就咬牠身上每吋肉。羅密歐只好伏在地上任牠 魚肉 。不過，牠咬了幾口就停下來，因為牠口裏都是羅密歐的狗毛，幾乎嗆死牠！

「可惡，你幾天沒有梳毛？」

「阿飛昨天梳了呀，他說我像掉進了垃圾場，又臭又髒。我洗過澡了啦！」見茱麗葉皺起鼻子，牠馬上補一句，還轉了個圈讓茱麗葉看得見牠的毛髮有多雪白。

茱麗葉毫不同情：「誰讓你跟那壞女人走了！你活該！哼，跟她走了就別回來呀！回來幹甚麼？」牠又忍不住生氣地咬羅密歐的腳，痛得牠提起了腿。

「我只是回去看 爺爺 奶奶 。」

「說清楚點！」

「艾咪的爺爺奶奶呀，我很想念他們。艾咪每次跟男朋友旅遊，便把我放在爺爺奶奶家。他們很喜歡我，會給我很多好吃的，又會跟我聊天。如果掉了東西我幫助撿拾，就會賞我零

食。」羅密歐 懷念地 說。

「聽起來，爺爺奶奶才像你主人。」想起影片中，那個艾咪想搶走羅密歐的嘴臉，茱麗葉就感到討厭。

「艾咪嫌我麻煩。以前她與男朋友住在一起，大部分時間都是那個叫高超的男人帶我散步和便便。那個男人離開後，她不再理會我，我每天都很餓。她後來叫朋友開車把我載到 X 城，就在路口丟下我了。」羅密歐 平心靜氣，眼神沒有一絲怨恨，倒是茱麗葉聽到後不禁七竅生煙。

「我早知道那個女人長得醜，殊不知是由心而發的醜！不想照顧你就不要養你，養了你卻要拋棄，還把你亂丟！氣死我了！」茱麗葉拔扯野草洩憤。

羅密歐用鼻子輕推茱麗葉，希望牠息怒。

「我這次跟艾咪回家，她與我拍了很多合照，還要我表演撿東西，她再放到網絡。最初也很開心，可是沒幾天她說讚好 👍 的數目減少了 ↘，網民對我沒興趣，去了圍觀另一隻更可愛更萌的柴犬。她不再給我吃的，也不放我出去解決大小二便。我終於忍耐不住在家裏解決，她回家看到慘

況後打了我一頓，便叫阿飛快帶我走。可惜，到最後我還是看不到爺爺奶奶。」羅密歐嘆了口氣。

草地已被茱麗葉扯到光禿了一小圈。

「阿飛這個主人怎樣當的？這跟送你去火坑有甚麼分別？」就算羅密歐再如何輕描淡寫，單憑牠瘦了一圈的身軀，茱麗葉也知道牠那幾天過得有多慘。

羅密歐這時才記起脖子上的零食。牠趴在地上，示意茱麗葉探首進小布袋。茱麗葉叼出一塊風乾羊肉片。

「這是阿飛做的呀，你不要罵他，是我堅持要回去。」

茱麗葉嚼了一口，那香濃的肉味 暫時止息牠的怒火。

「你以後不要再回去了！那女人不是個好東西，你要知道不是所有女人都像朵朵那樣善良，把我們當成家人。」

羅密歐有點落寞：「回不去了。阿飛早上接我回家時，強迫艾咪簽下要她放棄認養權利的契約。」

捧着羊肉片的茱麗葉罕見露出讚賞的神情：「阿飛幹得好！有夠帥氣！」

「可是我以後看不到爺爺奶奶了⋯⋯」羅密歐幾乎淌下淚來。

「笨蛋。」茱麗葉心中劃過一道暖流。這個笨蛋被人欺負到頭上，斷水斷糧牠不流淚，反而為了沒法看見照顧過牠的人而難過。牠叨着羊肉片站起身，口齒不清地說：「分你一半。」

羅密歐雀躍跳起來，但有甚麼吸引了牠的目光。門口那邊，有個白色狗頭卡在門洞，黑色大耳朵垂到地上。

牠 吸吸鼻子 ，空氣中沒有其他狗的味道。

「那隻狗狗沒事嗎？」牠歪頭，滿臉不解。

「喂！你吃不吃？」茱麗葉臉一燙，兇狠瞪牠。

「吃！茱麗葉 你最好了 。」

如果史諾比會說話，大概會為自己哼唱一首失戀悲歌。

第 7 章
暴風雨中逃亡

　　天空烏雲密佈，一道 **轟天雷鳴** 在耳邊劈響，強勁得連大廈也輕微震動。

　　朵朵不安地在辦公椅上換了個姿勢，希望趕及下班前把手上的工作處理完成。

　　她悄悄用手機打開閉路電視的應用程式，畫面清晰可見，茱麗葉在睡房的公主床上 **像蝦米般捲成一團**。

　　她的寶貝最怕打雷了，每次牠都會抖個不停，連毛髮都要被震落到地上。

　　明明早上天朗氣清，沒想到到了下午竟然雷聲大作，天昏地暗。

　　「我的小雲朵～」**手機** 閃過一則訊息。

　　「今晚是我們交往一百日的紀念日，請問小姐賞臉與我進餐嗎？」

焦躁得全身發熱的朵朵正要回覆時，對方又發來訊息：「不用擔心，我會親自開車過來接你。親愛的，你不會被雨水沾濕。」

　　「對不起，阿鷹，我今晚要回去照顧茱麗葉，牠最怕打雷了。」

　　「我竟然連一隻狗也比不上？有甚麼比得上我們的百天交往日？」透過文字，朵朵也感到對方氾濫的受害者情緒。

　　儘管她非常不耐煩，但也盡量安撫他：「我們可以慶祝104或者105天交往紀念日呀，這不是更有意思？今晚真的不行呢，我很擔心茱麗葉，家中又沒有別人可以幫忙照顧。」

　　「雲朵朵，我把全部心思拴在你身上，而對你來說，我連一條狗也不如？我給你五天時間，好好考慮清楚要跟我還是一隻狗過下去。不然，你不配擁有我這個絕世好男友！」

　　朵朵現在全身發燙，她簡直要噴火了！

　　她當初怎會被他的浪漫打動？這根本是個屁孩！思想幼稚、不會體諒別人、自我中心！他連愛屋及「狗」也不會，還

有臉說自己「絕世」？對啊，絕世也是絕世劣質男友。

她不稀罕！她也受夠了！就算媽媽自小詛咒她沒情沒愛，所有感情都是自挖墳墓，她還是積極催化正姻緣，例如戴了草莓晶石和粉晶手串，還繫了九尾狐仙項鍊，企圖力挽狂瀾，扭轉命運，但看來這一切都無效。

寒一飛……如果在心裏對一個人千刀萬剮有用，寒一飛大概死了數千遍了。

「不用等五天，我現在就跟你分手！」她毫不留戀的回覆，跟她許多前度一樣，順手把與他的對話丟進通訊程式的垃圾箱 。

手腕上的水晶串看來極度惹她煩厭，她毅然把手串脫下來扔進垃圾桶。

她不想再吸引爛桃花了，也不想再無了期等待一個人來愛屋及烏，茱麗葉有她一個疼愛就足夠，而她有茱麗葉也滿足了。人生不長，她不想再把青春虛耗在無謂人身上。

心境突然無比清晰。朵朵立即加快工作速度。

不過，當她離開公司時，天空已傾盆大雨、雷電交加，她

召了計程車想盡快回家，但公路遇上嚴重交通事故，她已經堵在路上超過四十五分鐘。家裏不知道是否停電，手機程式沒法連接家中的閉路電視。

一道如龍的閃電橫過天邊。

她抱住頭，想像茱麗葉聽見閃電後會**嚇個半死**😱，心急如焚。

🐾 ♥ 🐾 ♥ 🐾 ♥ 🐾 ♥ 🐾 ♥ 🐾 ♥ 🐾 ♥ 🐾 ♥ 🐾

一道凌厲的閃電和雷聲過後，全屋的**燈光熄滅**，餘下阿飛的電腦發出光芒。

他開了手機的照明，小心避開顯得異常興奮的羅密歐，到廚房查看電掣。他嘗試把跳電的電掣推回「開」掣，但沒有反應，加上外面的路燈也**漆黑一片**，也許是閃電劈中了電纜或電線停電了。

他坐在地板，打開廚櫃找電筒，忽然聽見羅密歐的踏地聲。牠緊急衝向門口，阿飛抬頭時只見到牠的螺旋形尾巴穿過大門洞口。

「羅密歐，回來！」

阿飛打開門，哪兒也沒有牠的蹤影，他的叫喚聲也被大風吹散。外面狂風驟雨，雨水打在臉上如被箭射中，大樹吹得東歪西倒，滿街都是亂飛的垃圾，夾雜頻密的震天雷鳴，像極了 **災難片** 的 **畫面** 📺。

阿飛在暴雨中搜索了好一會兒，無功而回，整個人濕得像跌進水潭。他隨意換了衣服坐在窗邊守望，終於看到羅密歐，但牠不是獨自回來。

羅密歐咬住茱麗葉的項圈，把牠拖進屋子裏。茱麗葉害怕得發抖，眼瞳在黑暗中閃動詭異的紅光，牠每根毛都在滴水，冷得不停 **打噴嚏**，阿飛二話不說抱起牠。茱麗葉自小不喜歡被朵朵以外的人碰，牠條件反射地咬住了阿飛的手臂，直到嘗到血腥味才驚覺自己在做甚麼，受驚地躲到牆角。

「茱麗葉，你要對阿飛有信心，他不會傷害你的。」羅密歐俯伏在茱麗葉跟前，伸長雪白的前腿，盡量填滿牠們之間的距離。

茱麗葉不說話，狼狽的牠 **一臉戒備** ⚠️ 地盯着阿飛。

阿飛轉入浴室沖洗傷口，噴了消毒藥水，用乾淨毛巾在傷口上圍了一圈。他蹲在羅密歐旁邊，在羅密歐雪白的前腿旁放下手。

「別怕，沒事的。你濕透了，我只想幫你洗個 *暖暖的 澡* ，不然你不僅毛髮打結會不漂亮，更會生病啊。」

縮在黑暗中的茱麗葉猶豫許久，時間仿如停頓下來。然後牠才戰戰兢兢踱向阿飛，把牠小小的手放進他溫暖的掌心。茱麗葉專注地舔他包紮傷口的毛巾，每一下都在表示歉意。

「不要緊。」阿飛柔聲道。

因為沒有電，阿飛花了很長時間用毛巾替長毛的茱麗葉抹乾身體。

「朵朵不知道你在這兒，我又沒有她電話號碼，我得寫張 **紙條** 通知她。」阿飛輕抓茱麗葉下頜，牠舒適得瞇起眼。一旁的羅密歐可以感受到下巴被按摩有多舒服，也陶醉得耳朵都拉後。

「羅密歐，好好照顧你女朋友。正經點好不好？」阿飛拍了拍牠的臉，實在受不了牠那 *痴迷的表情* 。

「汪！」羅密歐精力旺盛地回應阿飛。

阿飛走後，怕冷的茱麗葉挪向羅密歐，吸取牠身上源源不絕的熱力。

茱麗葉真的好怕雷聲，有時雷聲未至，牠已感受到那搖撼世界的威力，嚇得直哆嗦。以前打雷，牠都會窩進朵朵懷抱，但這次只有牠自己一人，而那爆破般的雷聲真的很恐怖！牠驚慌失措衝到外面想找朵朵，卻被雷聲嚇得跌進溝渠，差點淹死。

「羅密歐，你又救了我一次。」牠累極合上眼。

「無論多少次，我都會救你。」羅密歐像抱娃娃般抱着茱麗葉。

茱麗葉懶得說話，不過輕輕搖動的尾巴透露了牠的感受。

❀ ♥ ❀ ♥ ❀ ♥ ❀ ♥ ❀ ♥ ❀ ♥ ❀ ♥ ❀

阿飛來到朵朵家門前，才發現大門旁的落地玻璃窗被木棉樹粗壯的樹枝撞穿了。他折返家中找來工具，把樹枝拖到花園，再用兩大條毛巾擋住整面玻璃，貼上防水膠布。

正要離去時，他才記得要把紙條塞進玄關。

才轉過身，眼睛就感到一陣強烈刺痛，教他睜不開眼。

朵朵放下酒精消毒噴霧，**厲聲質問：「寒一飛！你又在我家想幹嘛？」**

阿飛痛得蹲在地上，用雨水清洗雙眼：「你瘋了嗎？你家茱麗葉嚇壞跑了出去，現在在我家。」

「你以為我會相信你的鬼話嗎？」

「你不信，可以開門看看地上的字條！」

朵朵插進鑰匙推開門，地上的確有字條，但是她連看也不看。她環視玄關被風雨打濕，**玻璃碎滿一地**，一片狼藉。外面狂風暴雨，彷彿永無停歇之日。她忽然覺得這是自己心裏的暴風雨，自十歲那年開始就從沒止息，而這都是因為她背負毀壞梅子村風水的罪名。親人捨棄她，情人離開她，她覺得自己一生都活在泥濘，不見天日。

黯然的目光落在寒一飛身上，她發出 **空洞** 的聲音：「寒一飛，你可不可以不要再擾亂我的生活？你們四人供我出來，要我承受千夫所指。這麼多年，我跟家人關係爛透，愛情運也

爛透，就因為當年你們要我扛起毀爛梅樹的**罪名**。你能行行好心，永遠不要在我眼前或者附近出現嗎？」

他雙眼通紅，嘲笑：「真不習慣這樣的你。當年跟我一言不合就打起來的惡女到哪兒去？」

朵朵失控地吼：「**我受夠了啦！**要不是你慫恿我們爬樹，它也不會倒！神明也不會懲罰我，要我愛情命途多舛！爸媽離婚、姐姐被男人騙財，還有我遇到的全是爛人，都是拜你所賜！受苦的不是你，你不要再說風涼話！」

他**不怒反笑**，涼薄地道：「雲朵朵，你的智商沒有跟隨你的年紀增長嗎？醒醒吧！你這種人我看不少。不想對自己生命負責任，卻把不幸怪到神明頭上。」

「閉嘴！」她越想越覺得荒謬。「你憑甚麼站在我家對我放話？給我滾出去！把茱麗葉還給我！以後，你，還有你的狗狗，都不要靠近我們！」

雷電如斧，**把天空一分為二**，照亮了歇斯底里的朵朵。

這晚，朵朵度過了許久不曾發生的失眠之夜。

✦第 8 章✦

請求幫忙

「這下不好了！怎麼辦！那隻傻狗會聽見嗎？」

朵朵離開後，茱麗葉急得直跺腳。牠用鼻子頂起朵朵新加在大門狗洞的活動鎖，嗖一聲飛奔到花園。

牠翹首伸頸，發出 **狼嚎般的叫聲**。每當鄰居從窗中探看，牠就馬上躲起來，牠可是淑女，不可讓人瞧見牠狼叫。

不久，肉肉長回來的羅密歐已經鑽進地洞爬了進來。

昨天風雨過後，花園一片狼藉，朵朵無心收拾花園，只用膠板封住玻璃窗破了的部分。

「茱麗葉！我聽到你叫我！」牠氣來氣喘，可以想像牠跑得有多急。

「羅密歐！我有**非常重要的事情**要跟你商量。」茱麗葉神情極為凝重。「昨天阿飛跟朵朵吵架，朵朵非常生氣，

她剛剛打電話給朋友叫她幫忙找房子。羅密歐，我不可以讓朵朵就這樣離開→！」

羅密歐一臉憨厚：「阿飛昨晚跟我說，叫我以後不要再找你。但是，如果我真的很想找你就去吧，後果由他承擔。」

茱麗葉一聽更覺得朵朵不可以離開這兒。

「我要去梅子村！你能幫我找到去梅子村的方法嗎？」

「梅子村？」羅密歐歪着頭，「我也聽阿飛提過。」

「那就對了。昨天朵朵一直說梅子村，我感覺他們在梅子村發生過甚麼，朵朵才會敵視阿飛。所以，我要回去，我要知道發生了甚麼事！」茱麗葉無比堅定。

「好！我猜我有個朋友可以幫忙，我這就去，你等……」

「不，羅密歐！」牠咬住羅密歐後腿，「我也去！這是關乎阿飛與朵朵的事，不能少了我。」

「茱麗葉！謝謝你這麼關心阿飛，認識到你真的太棒了！」羅密歐幸福滿載 ❤ 的表情，耳朵都快壓到下巴。

茱麗葉心虛的移開視線，領先鑽進洞口。

上次茱麗葉獨自跑出家，不慎墮進溝渠。這次牠緊貼羅密歐身旁，加上天清氣爽，沿路無風無險，不過跑着跑着牠們漸漸拐進陽光照不到的陋巷。兩邊都是老鼠、垃圾、昆蟲的屍體，發出**陣陣惡臭**，好些流浪狗神色不善的盯着牠們。最後，在窄巷的盡頭，是一個荒廢已久的地盤，一隻身形大如獅子的阿拉斯加雪橇，盤踞在堆疊成三層的混凝土排水管上。

茱麗葉緊張地貼在羅密歐身側，周圍的大狗露出暴戾的表情向牠們靠攏。

「羅密歐。」低沉宏亮、極具威脅的聲音在地盤迴盪：「我的手下告訴我你有事找我。」

羅密歐一派**悠然自得**向其中一隻大狗說：「石頭大哥，你可以幫我和茱麗葉去梅子村嗎？」

四周響起調笑聲：「你是傻子嗎？請我們大哥做事竟然空手而來？或者留下那隻小美女給大家分享。」

石頭咆哮一聲，嚇得在笑的狗兒閉上嘴。「不得對我的貴

客無禮。羅密歐，你想清楚了嗎？我幫你之後，你對我的恩情就**一筆勾銷**。你可以要求更高更多，甚至與我平起平坐，掌管這個城鎮的狗狗網絡。」

羅密歐搖頭：「大哥，我只想幫助茱麗葉，沒有其他願望了。」

石頭 定 晴 望着羅密歐：「如你所願。三天後我會派手下找你。」

茱麗葉脫口而出：「不能再快點嗎？」

周遭鴉雀無聲。石頭輕盈降落到牠們面前，緩慢繞圈。羅密歐挪動身體，擋在發抖的茱麗葉與石頭之間。

「小妞，如果不是看在羅密歐份上，你還沒來到我面前，就已經被吃進牠們的肚子裏。」石頭笑得兇殘。

羅密歐推推快躲進牠肚腩底下的茱麗葉，示意牠一起離開。狗群讓開一條通道，不過飢餓的視線仍緊盯牠們。

「老大，你真的要幫那隻傻愣愣的狗？」一隻肋骨暴現的唐狗拼命吸入有牠們味道的空氣，非常捨不得。

石頭如 雞毛撢子 的大尾巴咻咻拂動，牠沒有回

答，只一聲令下，吩咐手下尋找去梅子村的方法。

🐾 ♥ 🐾 ♥ 🐾 ♥ 🐾 ♥ 🐾 ♥ 🐾 ♥ 🐾 ♥ 🐾 ♥ 🐾

轉眼，地盤只餘石頭雄霸水管寶座。晦暗中，眼睛閃動着幽幽光芒。

「傻愣愣？」牠自言自語：「那時候我被那個男人拋棄，被趕出來，成為喪家之犬，多少流浪狗對我 **落井下石**。就是那隻傻愣愣的柴犬救了我，每天給我吃的喝的，幫我舔傷口，我才撿回命，建立我的王國。傻愣愣？哼！比起你們這些 **牆邊草**，牠才是我真正的兄弟。」

🐾 ♥ 🐾 ♥ 🐾 ♥ 🐾 ♥ 🐾 ♥ 🐾 ♥ 🐾 ♥ 🐾

三天後，破曉時分，天空呈現恢宏的 **萬丈紅霞**。

因為朵朵心情不好而睡不沉的茱麗葉驚醒，悄然無聲直奔到花園。羅密歐早在那兒靜靜等待。

「弄好了嗎？」茱麗葉謹慎地問。

羅密歐點點頭。

「你幫我把頸圈扯出來。」

羅密歐用**鋒利如刀**的**牙齒**磨斷茱麗葉的頸圈。茱麗葉叼住除了洗澡外從不離身的頸圈，鑽回家裏，把項圈放在牠的公主床上，這樣朵朵就知道牠會回來。

牠深深看了做着**惡夢**、睡容痛苦的朵朵一眼，頭也不回與羅密歐會合。

第 9 章
梅子村歷險

羅密歐領口的小布袋塞了幾張**皺巴巴的**車票，全是石頭透過牠龐大的狗狗網絡得到的，至於怎麼得來就不得而知了。

牠們趕上清晨第一班巴士。站頭職員一直動手驅趕牠們，但牠們鍥而不捨，茱麗葉從羅密歐的**小布袋**叼出幾張沾滿口水漬的車票，跳起身給職員看清楚。職員收起牠們的車票，無奈放牠們上車，充滿疑惑地望着牠們跳上車尾的連座。

乘至總站後，暈車的茱麗葉臉色鐵青的跟着羅密歐下車，困倦的尾隨人潮走向前面的火車站。雖然這是個小小的火車站，但對牠們來說已經**夠**壯觀。茱麗葉**一臉欲吐**，羅密歐便自己咬住火車票，找了個老婆婆，蹲坐她身邊，用手掌拍拍她。

「哎喲，小狗狗！」老婆婆露出沒了幾顆牙的笑臉，彎腰

接過羅密歐口中的車票。「你們要坐火車去梅子村站呀？好聰明的狗狗啊！」

老婆婆的叫聲引來途人圍觀，不過早上的人潮不算多。

在老婆婆帶領下，羅密歐牠們有驚無險的坐上**簡陋的火車**，老婆婆在月台上跟牠們揮手道別。

車上的乘客對羅密歐和茱麗葉*很感興趣*，並以為牠們的主人只是走開了，等等便回來。前往梅子村的人不多，差不多抵達時，車廂只剩下牠倆。

隨着火車廣播：「本站是梅子村站，請乘客在右邊車門下車。」牠們便跳到地上，離開火車。這是個殘舊的車站，連職員也沒有。牠們走出火車站時，天色清亮，接近中午了。

「這兒就是梅子村？」羅密歐望着眼前連綿不斷的梅子樹，還有一塊塊種滿生菜、番茄、蘆薈的農田，嗅着空氣中**酸酸甜甜**的味道，牠忍不住流了兩行口水。

茱麗葉可沒有欣賞風景的心情，雖然火車沒有巴士那麼左拐十八轉，晃得牠要吐，不過牠還是不舒服，只好憑着本能，拼命嚙咬野草驅趕不適。

羅密歐感到有道灼熱的目光盯着牠，一回頭就看到上坡道那邊有團黑影閃到梅樹後面。

牠看了眼心無旁騖地扯野草的茱麗葉，然後一蹦一跳跑向那株樹。

有隻細小但手長腳長、毛髮捲曲、深巧克力色的貴婦犬趴在地上。牠臉上的毛色比身體還要深，眼睛與鼻子都是黑色，那張臉看起來像被太陽烤焦了似的。

小貴婦伸長手，瘋狂抖動球狀的尾巴。

「你好呀，我是羅密歐。」

「大哥哥，我中文名叫皮蛋妹，英文名叫 Eggy，村裏最帥的小學老師張 Sir 是我家主人。」牠的尾巴開始三百六十度高速旋轉。

「皮蛋妹，你知不知道阿飛跟朵朵在這兒發生過甚麼嗎？」羅密歐也趴在地上，不用高度不到牠肚皮的皮蛋妹要仰高頭說話。

「唔⋯⋯大哥哥，我不知道喇！不過，我可以帶你找這兒年紀最大的法蘭西！法蘭西無所不知、無所不曉，

是很棒的爺爺！」皮蛋妹跳上跳下的繞着羅密歐轉圈圈，還興奮過頭撞到牠屁股上。

嘔吐完的茱麗葉抬頭就看見羅密歐與皮蛋妹你儂我儂的親暱模樣，牠怒火中燒，準備疾衝過去把牠踹到斜坡下，不過皮蛋妹已經直奔過來。

「姐姐！你好漂亮啊！皮蛋妹好喜歡！你是我見過最美麗的姐姐！」皮蛋妹眼中閃動傾慕的星光。

茱麗葉甩甩毛髮，高貴的回應：「本小姐的祖先可是英國皇室的寵兒。」

「茱麗葉，你好些沒有？皮蛋妹說有個爺爺可能知道阿飛與朵朵的事！」

「姐姐，我們走吧！」皮蛋妹如箭離弦般直奔到三米外，又在分岔口裝上馬達般俯衝回來，氣也不喘：「哥哥姐姐，快跟着我！」

茱麗葉對羅密歐哼了聲，姿態曼妙的跟上皮蛋妹，留下莫名其妙的羅密歐小步跑着跟在後面。

沿路，小貴婦絮絮不休說着這個爺爺如何知曉梅子村古往

今來的大小事，令羅密歐與茱麗葉充滿盼望。

在茂密的梅樹下穿梭，沿着農田 邊緣奔跑，躲開想捉住牠們的小孩子，爬上坡道又跑下斜坡，終於在一間三層房屋的矮圍牆外看見爺爺法蘭西。

「爺爺，不要睡了！我帶了朋友來！」皮蛋妹一馬當先，縮骨功般從輕掩的鐵門鑽了進去，在法蘭西身旁蹦蹦跳。

超過十五歲的鬥牛㹴法蘭西枕在一堆殘羹冷飯前面，呼呼大睡。牠唇邊淌滿口水，好吃懶做的牠心廣體胖，而且年紀大，屁股的毛幾乎全禿。

從茱麗葉的角度，只看到法蘭西兩片鬆垮垮的屁股，牠疑惑的視線梭巡法蘭西與興高采烈的皮蛋妹之間，一時脫口而出：「這不是豬嗎？」沒想到這個「豬」字竟引起圍牆內的狗極大反應。

原本情緒高漲的皮蛋妹害怕得緊貼地面，用手掩着雙眼。同一時間，昏睡的法蘭西彈起身，殺氣騰騰轉過身，低頭刨地。

「慘了、慘了！法蘭西爺爺最討厭別人說牠是豬！爺爺要大發雷霆了！嗚……」

「你們說我是豬？」法蘭西像瞬間變成渾身着火的野豬，明明看來老得不會走動，現在卻來勢洶洶直衝向羅密歐與茱麗葉，連鐵欄也給撞得歪斜。牠眼中噴火：「你們竟然說我是豬！我怎麼看都是比較**有質感**的狗！」

羅密歐與茱麗葉忙不迭逃命，不管東南西北，只管拋離後面被惹怒的鬥牛獚。途中遇到很多分岔路，為免走散，羅密歐索性一 🔴 **叼住** 輕飄飄的茱麗葉，不顧牠掙扎，繼續拼命逃亡。

不知道跑了多久，後面的喘氣聲愈來愈遠，筋疲力盡的羅密歐不小心鬆了口，把茱麗葉丟到泥濘上。

「哎喲！」

「你……你沒事嗎？」羅密歐累癱地上，再也動不了。

茱麗葉忽然嗅到一陣臭味，原來羅密歐好巧不巧，竟把牠摔到一堆 **牛糞** 💩 上面。

牠從來沒試過如此骯髒不堪、蓬頭垢面，腳甲斷掉，背上還殘留被羅密歐咬過的痛感，肚子餓得像洩氣的氣球。平日這個時間，牠好好的窩在 **軟綿綿** 的公主床上，陪伴朵朵聽歌，

有時朵朵會給牠零食或者幫牠按摩助牠入夢。然而，牠現在竟然來到這個鳥不生蛋的地方，把自己弄得這樣狼狽！

茱麗葉愈想愈覺得委屈，突然崩潰哭起來，嚇得羅密歐馬上收起 散熱的 舌頭 。

羅密歐嗚咽一聲，爬到牠面前。

茱麗葉滴下豆大的淚珠，哭號：「我要回家！我不要留在這個鬼地方！我連早餐都沒吃！我好餓！我要回家！嗚！」

羅密歐環視周圍，才發現牠們不知不覺來到一條 溪流 旁。溪水映照牠灰濛濛的臉，牠的頭跟着魚兒上下擺動。那邊茱麗葉哭聲未停，牠踩入水中，左腳右腳交叉踏水，想踩住滑不溜手的魚兒，但徒勞無功。牠索性探口入水，嚇得魚兒左閃右避，好半晌終於趕了一尾魚兒跳上岸。

茱麗葉被那拍打尾巴的東西嚇得花容失色，哭得更大聲、更委屈。

「為甚麼我要跟這隻羅密狗偷跑出來……朵朵會不會找不到我？嗚……我真命苦……我要餓死在這兒了！還要跟這隻蠢狗死在一塊兒！嗚！」

「吃魚呀！」羅密歐滿臉傻氣😀的站在拼命掙扎的魚兒旁邊。

「你把它拿走！我不要吃生的！」

魚兒見兩隻狗沒有立馬吃掉自己的意圖，奮力一躍，又彈回溪水裏。

「茱麗葉，不要放棄呀！既然已經來到梅子村，我們一定會找到阿飛與朵朵的過去，幫助他們化解恩怨🤝，這樣我們就可以繼續在一起了。」雖然說得有氣沒力，但羅密歐還是一派樂天。就算毛髮沾上了灰塵和泥巴，也掩蓋不住在太陽照耀下閃閃發亮的光芒。

看到羅密歐那張信心十足的臉，茱麗葉就生氣，牠罵：「還敢說？除了把身體弄得髒兮兮、被大肥豬追着跑之外，我們有得到任何消息嗎？你……」

突然，牠視線往下移，不忍心再罵下去。

羅密歐的左前掌在流血。牠留意到茱麗葉的視線，低頭舔舔指間的血水。

「沒事的，應該是被魚鰭割傷。走吧，我們去找好吃的！」

茱麗葉卻沒跟上去，小鹿般的大眼睛泛滿淚光，垂首道：「羅密歐，你並不知道，其實你是來陪我受罪，我根本不是為了可以跟你一起才找梅子村。」

　　牠愈說愈細聲：「我想解開朵朵對阿飛的**心結** ，因為我覺得阿飛是好人！朵朵太可憐了，總是遇到壞男人，阿飛是好人，我不想朵朵錯過他！你懂嗎？羅密歐，我根本沒考慮過你，我是自私的狗，我玷污了祖先**高貴**的**血統**。」

　　自出生以來，羅密歐的眉頭沒試過皺得這麼緊，幾乎可以皺成兩道坑紋。牠絞盡腦汁，還是放棄思考茱麗葉所說的話。

　　「我不太理解你說的，茱麗葉。我只知道，朵朵好、阿飛好、你好、大家好，我也好。我看不出你的想法跟我的初衷有甚麼分別。」

　　茱麗葉盯着那張**呆頭呆腦** 的臉好半晌，破涕為笑，輕罵：「笨狗。」

　　羅密歐也咧開嘴笑：「那我們先去找食物！我看到那邊有煙，有好香的雞肉味。」

　　茱麗葉重新振作，兩隻一大一小的狗穿過叢林，避開砸下

76

來的 ，跨過橫越河流兩岸的木橋，沿着林中小路高高低低奔跑。村子裏做飯的炊煙四起，縷縷飄入雲間。

牠們來到一間木屋前，從虛掩的門前看到飯廳的圓枱上，放了一盆剛煮好的醬油雞，而左邊廚房，透過窗戶可以看到有個佝僂着背的嬸嬸在砧板上剁甚麼。牠們爭拗一輪，決定由比較高的羅密歐溜進去，把雞肉 偷運 出來。

羅密歐輕輕用鼻尖頂開木門，躡手躡腳走進去，牠躍上木椅，扶住枱面無聲地一口咬住醬油雞，輕輕落在地上，提起腳慢慢走回門口，連遠處的茱麗葉也在心中大喊：「得手了！」。

「砰！」

然而，木門突然關上。羅密歐眨眨眼，緩緩抬起頭。

那個彎着背的嬸嬸握着 豬肉刀 ，露出滿口爛牙：「狗狗，你想把我的雞帶到哪兒去？」

遠在城裏的朵朵，被手機連續的訊息通知聲吵醒。她本來想把手機調至靜音，但她看到朋友杏花說了一句：「你看像不像茱麗葉？」引起她的好奇心。她按開名為「**狗狗也要坐巴士旅遊** 🚌」的影片，看到一隻跟朵朵神似的查理斯王小獵犬與一隻非常眼熟的肥柴犬，一起坐在巴士最後排，影片裏沒看到狗狗的主人。

「真有點像茱麗葉，不過我家寶貝有戴項圈，而且我怎會讓我寶貝獨自出門。茱麗葉，你看看……咦？」

這下，朵朵嚇得 **睡蟲全飛**。她滾下床，跪在公主床上。

茱麗葉最喜歡的床上，只見一條斷了的項圈。她忙拿過手機，不停重播影片，震驚地發現影片中的查理斯王小獵犬，無論毛色（特別是額頭那一綹像 **菱形** 的白色毛）、眉梢眼

角的神態，都跟她的寶貝別無二致。

「可是……這怎麼可能？」朵朵**晴天霹靂**。當影片播到第二十遍，她終於留意到那隻柴犬，頸項繫了一面銀牌。她連臉也不清洗，一邊衝到樓下，一邊盤起頭髮，奪門而出。

「寒一飛，你出來！」 她越過打開的鐵門，站在阿飛屋簷下叫嚷，不知道自己該希望看到肥柴，還是看不到。如果看到，就是茱麗葉**失蹤了**。如果看不到，就是柴犬拐帶她寶貝！

阿飛不慌不忙走出來，他望了眼剛起床油光滿臉的朵朵，在她開聲前便說：「我看了影片。」

朵朵一怔：「羅密歐也不在？」

阿飛**搖頭**。

朵朵猛地一震，衝着阿飛的臉吼：「寒一飛！你的狗把我寶貝帶到哪兒去？為甚麼你總是不放過我？有你在都沒好事發生！」

阿飛佯裝聽不見，切入重點：「你最近曾經在茱麗葉面前提過梅子村嗎？」

「閉嘴！別跟我提那三個字，那比髒話更難聽！」

「如果你有，我大致猜到牠們到哪兒去。」

「你在搞笑嗎，寒一飛？你說牠們……」

阿飛**瞟她一眼**：「你近視太深嗎？沒看到車廂內貼了起迄站？」

朵朵忿恨瞪他一眼，生氣地重播影片：「你說清楚點！」

「去梅子村要由那個總站乘火車。」

朵朵口乾舌燥、目定口呆，無數問題在她腦海盤旋。

「你說寶貝跟肥柴一起坐車去了梅子村？可是……牠們是狗，怎麼聽懂人話？而且牠們也不會買到車票去梅子村呀！」

阿飛敲敲她的手機屏幕：「那你說說這是甚麼？你信不信也無所謂，總之我會乘一點的**火車**去梅子村。一天只有五班列車，你想去就跟來。」

朵朵拉住正要轉入屋內的阿飛，不解問：「但是牠們為甚麼要去梅子村？」

阿飛定眼看着她好一會兒，好像在探究朵朵哪兒出了問題，變得這麼**蠢鈍**。

「牠們相愛，你不知道嗎？」

「甚麼？」

他調侃：「茱麗葉找男朋友的眼光 **比你 好太多**了 👍。」說完隨即關上門，留下她在門後努力消化他的話。

阿飛摸摸手。剛才，他竟然想用手指彈她的額頭。小時候，每次她腦袋當機，問太蠢的問題，他都會用力彈她的額，而她即使痛紅了眼也死口不承認痛。

「 真懷念⋯⋯ 」他低喃。

🐾 ♥ 🐾 ♥ 🐾 ♥ 🐾 ♥ 🐾 ♥ 🐾 ♥ 🐾 ♥ 🐾

他們各自乘巴士出發，在火車站相遇。

朵朵不死心地出示茱麗葉在手機的照片，問票務員早上有否看過牠進出火車站。票務員**搗蒜般** 點頭，還繪影繪聲地說牠與一隻又胖又可愛的柴犬，在一位老人家帶領下上了火車。

朵朵的心直往下沉。

火車不設劃位，車廂座位分為左右兩端對坐。本來朵朵寧

死也不願跟阿飛同坐一節車廂，但有事問他，便坐在他對面。

當乘客差不多散去，朵朵與他之間再沒人遮擋視線，她忍不住壞脾氣地問：「我不懂！我在寶貝面前提那條破村，跟牠跑到破村有甚麼關係？一定是你那隻**笨狗**跟我寶貝說了甚麼！」

但不對，她已經沒有走那條會經過寒一飛住處的路，那隻肥柴怎樣跟寶貝溝通？

打睏的寒一飛抱着手臂，連瞄也懶得瞄她一眼，閉着眼說：「不是經常發生這種故事嗎？小孩子的父母不和，他故意自殘，希望父母可以和好。」

「這跟那有甚麼關係？」忽然她臉一紅，嗔道：「我跟你一點關係也沒有！不，我跟你**誓不兩立**，是永遠對峙的敵人！」

阿飛哼笑了聲。

「所以，牠們去梅子村，希望找到線索化解我們之間的**千年宿怨**？」

「恭喜，你總算知道用這兒……」阿飛睜開雙眼，指住腦

袋續說：「……思考。」

這下，到朵朵厭惡的別過臉。

外面的景色掠過眼前，一時荒野漫漫，一時炊煙裊裊，一時果樹繁密。她記得當時在村子，跟着寒一飛他們滿山跑，只要看到大人燒木柴的 **炊煙飄上空中** ，她就知道是時候回家吃飯了。一晃眼，已經過去十多年。

如果別人問起她的故鄉，她絕對不會說是梅子村，充其量那只是個曾待過的地方，一個無情無義、古老迷信的地方。

「我討厭那個地方。」她自言自語。

「寒一飛，**我討厭你** 👎。」她瞪着阿飛那張白皙的臉，不知道他是沉睡還是裝睡，依然保持一動不動的姿態。

「我已經在ㄚ城找到適合養茱麗葉的房子，等業主整理好我就可以搬過去，以後你和你的狗不要再出現在我們面前。」

倒映在車窗上的臉無比堅決。

前後經過三小時車程，他們終於回到梅子村。

那由梅子釀製而成的不同產品（梅子酒、梅子醋、梅子醬等等）混合起來的 酸甜味道 ，一如阿飛與朵朵回憶中的氣味。

來到村口，他們不約而同遙望山坡上老樹曾在的位置，發現彼此看着同一焦點後，尷尬別過臉。

「快點找牠們吧。」阿飛提議。

梅子村說大不大，說小也不小。不過，看來羅密歐與茱麗葉在村子裏造成不少騷動。他們向小孩子展示手機中羅密歐或茱麗葉的照片，他們都異口同聲說在鐵嬸嬸那兒，還興高采烈 帶這兩個他們眼中的外地人找鐵嬸嬸。

鐵嬸嬸屋外圍靠了一堆小朋友，他們都對嬸嬸家中的「客人」很感興趣，但怯於嬸嬸喜怒無常的性格，不敢走進去。

「茱麗葉！」朵朵一眼就認出客廳中無聊伏在椅子旁的心肝寶貝。

茱麗葉也感應到朵朵，站起身想飛撲過去，卻餓得腳一軟跌回地上。

朵朵驚呼一聲，衝入屋內，抱住了牠。

「寶貝，都是媽媽不好，在你面前亂說話！媽媽以後都不會了！」

茱麗葉有氣沒力的樣子嚇壞了朵朵，她驚恐得忘記了與阿飛的血海深仇，像抓住救命草般握住他手臂，臉色煞白：「小飛，茱麗葉會不會被蛇咬？你也看過以前村裏的狗被青竹蛇咬死。但是這附近根本沒有獸醫，茱麗葉是不是要死了？」

聽着自己的乳名，阿飛心中五味雜陳，他淡淡道：「如果是被毒蛇咬，早就死了，還用得着你擔心死不死的問題？」

鐵嬸嬸咳了聲，提醒兩個年輕人她的存在。她坐在木椅上，皺巴巴的雙手寵溺地圈住羅密歐的頸項，牠正望着阿飛笑得燦爛😊。鐵嬸嬸帶着濃濃鄉村口音開口：「牠毛

（無）死啦，你這狗兒不乖（指着茱麗葉），我給好好吃的大肥雞牠吃，牠不吃，餓屎（死）算啦。這隻偷我肥雞的狗狗（指着羅密歐）乖，啥（甚）麼都吃進肚肚裏，乖得緊（很）哪。」

「吃飽了對不對？」阿飛看着羅密歐，沒好氣地道。

「阿飛，我以後可以每天吃雞腿🍗嗎？」想着想着，羅密歐的口水滴到地上。

「過來，別丟人現眼。」

屋外的小孩看到羅密歐跑到阿飛跟前，發出一陣歡呼聲。

抱着茱麗葉的朵朵對周圍發生甚麼充耳不聞，她忙着自責：「寶貝你真傻，餓得要死為甚麼不吃嬸嬸給的東西？都是我平時管教太嚴了，不准你吃陌生人給的東西，又不准你吃調了味的食物。我們這就走，回家吃大餐。哎呀！寒一飛你幹嗎？」

正要站起身的朵朵額頭一痛，自己撞上了阿飛遞過來的硬物。

「拿着啊，笨蛋。等你回到家，茱麗葉早餓死了。羅密歐，我們出去玩。」

86

朵朵錯愕接過兩罐雞肉狗罐頭，凝視走進孩子堆中的阿飛。她只顧擔憂，連食物也忘了帶，而他……竟然細心地準備了狗罐罐 DOG。在她的記憶中，寒一飛從不是體貼的人。

她拉開罐頭的蓋，茱麗葉滿足地搖尾巴狼吞虎嚥。

「慢慢吃啊，寶貝。鐵姐……嬸嬸，謝謝你幫我照顧茱麗葉。」朵朵差點說漏嘴。雖然她不認得眼前這張蒼老的臉，但那口音她記得很清楚。當年小孩口中的鐵姐姐，如今已變成鐵嬸嬸了，而那個小孩也已離開她很久了。

嬸嬸熱情地拍拍手造藤椅，示意朵朵坐在上面，彷彿很久沒跟人說話，一開聲便是口若懸河：「毛（無）關係啦！牠們一定餓壞才偷吃雞腿！不過，不是我臭美，我做的飯真的很香☺，呵呵！」

茱麗葉轉瞬已吃光了罐罐，慢慢舔飲嬸嬸之前倒給牠們的水。

鐵嬸嬸看了眼朵朵：「已經很長時間沒有年輕人來村裏了，他們長大後都搬到市區🏙去。如果小肥回來，大概比你

再大一點點。」

「小肥？」怎麼那口吻聽起來像一隻狗狗的名字？朵朵心想。

「你們是外來的不知道。小肥是寒村長的孫兒，寒村長的兒子呀很壞，年輕時便離開村子，村長絕口不提這個兒子。有天村長醒來，看到有個娃娃在他門口，還有一封信，原來是他兒子在外面生了孩子但不想要，就硬塞給村長。你說壞不壞？切肉不離皮，怎麼忍心 💔 哪？」

阿飛在外面與小朋友踢足球，羅密歐總是不按規矩，用手抱住足球，惹來孩子們哈哈大笑。朵朵想起小時候的寒一飛不喜歡別人問起他的父母，他要麼說父母死掉，要麼尖酸刻薄嗆人。原來，他是個棄嬰。

「我跟你講，小肥跟村長關係一點也不好。那時候，我住在他們隔壁，耳朵又靈光，他們又大聲，沒啥（甚）麼逃得過我法耳？。很多村長的秘密只有我一個人知道，嘿嘿。」鐵嬸嬸對心不在焉的朵朵眨眨眼，表情像個鬼靈精。

「村長經常打那孩子，不過小肥一點也不怕，照樣喜歡在

村裏搗蛋，還弄了個啥（甚）麼老虎組合。但是，那次打得可兇。那時候，我們的鎮村神樹剛沒了，他們爺孫倆吵了一大場，那孩子慘叫一聲，**多淒厲！**然後，我就聽見村長把人叫來，說是那家外鄉人的女兒弄斷了神樹。」

朵朵已經知道「小肥」是誰，也知道接下來鐵姐姐要說甚麼。她下意識想離開這個滿臉皺紋的女人，但又想知道寒一飛發生了甚麼事。

「那家人太邪門，被村長趕了出村，但我不明白為甚麼村長要把小肥鎖在屋子裏。我天天聽那孩子在屋裏大吵大鬧，叫得聲音也啞了。幾天後，村長終於放他出來，但是**他的左手** 竟然 **不能動**，村長以為他在鬧就沒理他。但原來他被村長打得手筋也斷了，是小學的老師發現，但醫生說太遲求醫啦！就算復原也會有後遺症。那孩子的手就這樣廢了，你說可憐不可憐？」

「此後，他們二人連半句話都毛（無），我感覺村長的大屋子死氣沉沉得要變鬼屋了！後來那孩子在隔壁村唸中學，聽村長說，還考到獎學金升上大學，好樣的！我很久沒看到他

了，上一次也是村長去世，他回來守孝。如果讓我看到他，我一眼就能把他認出來！」鐵嬸嬸了不起的用拇指擦過自己鼻尖。

這時，玩得 **頭髮飛揚** 的阿飛探頭進來：「聊完沒有？還要趕尾班火車。」

「喔！」朵朵如夢初醒，抱起在她腳邊休息的茱麗葉，站在阿飛旁邊，與鐵嬸嬸道別。

「有空回來玩，陪陪我聊天，狗狗很可愛呀。」依依不捨的鐵嬸嬸盯着並肩而立的朵朵與阿飛，眼神突然 **如鷹般銳利** ，她瞇起眼：「你們倆……怎麼很面熟……」

「走吧。」阿飛在朵朵耳邊輕聲說，拉住她的手，對羅密歐吹了口哨，火速遠離鐵嬸嬸的家。

🐾 ♥ 🐾 ♥ 🐾 ♥ 🐾 ♥ 🐾 ♥ 🐾 ♥ 🐾 ♥ 🐾 ♥ 🐾

差不多等了一小時，返回市區的火車來了。

這次他們坐在一起，車廂沒有人，茱麗葉和羅密歐分坐他們兩旁，各自把頭枕到主人大腿上。 **夕陽** 餘暉投進來，替

他們的頭髮鍍上一層閃閃動人的金黃色。

面對過於安靜的朵朵，阿飛有點不習慣。他瞄了眼她被長髮遮掩的側臉，故意惹怒她：「即使過去多年，你在梅子村還是頭號不受歡迎人物，他們只差沒把你的大頭貼貼在村口的通告板上，警示村民。」

換了平日，朵朵一定會張牙舞爪，但她竟然一聲不吭。

「怎麼了？憋氣會傷身。」

朵朵冷不防想擒住他左手，他比她更快的抽回手，不悅地瞅她。

「你的手被村長打斷了？」她無懼地迎上他的目光，她要知道那晚他身上到底出了甚麼事。

他不置可否，壞笑☺：「招死你也可以，要試試？」

朵朵不讓他矇混過去，凝重地問：「那晚你跟村長在吵甚麼？為甚麼他要打斷你的手？我一直以為你有種指證我，卻沒膽出來面對，那晚才詐稱生病躲在屋子裏。但鐵姐姐說，是村長把你反鎖在裏面，是不是？」

阿飛臉色微變，煩躁地閉上眼：「我不記得，別像個老太婆 囉囉唆唆 說不停。」

朵朵死死盯着他，但他就是鐵了心不理會她。過了許久，阿飛臉容放鬆下來，竟睡了！

可惡！朵朵揉揉疲累的眼，火車微微顫動，像搖籃般催眠她。她終於不敵睡魔，靠在阿飛肩膀睡了。

其實阿飛可睡不着。朵朵幼細柔軟的長髮不斷輕撥他手臂，她本人無感，他可癢得要命，但又不想弄醒她，便緊擰眉頭忍耐。

手機訊息又響了。

「飛，我們約好十六號見面，我們四虎少了你一個就沒意義了！」

阿飛沒有回覆便關上螢幕，他不知道朵朵默默把地址和時間記在腦海。

第12章

錯誤的記憶

雖然這次歷險空手而回，還差點把茱麗葉餓死，不過兩隻狗狗都感覺到牠們主人之間起了微妙變化。

朵朵重新選擇以往的路線散步，羅密歐也不用把頭塞到牆上偷看，而是差不多時間便蹲坐鐵柵外等候牠的情人，陪他們散步，像個保鑣似的。

朵朵總是往房子裏張望，想看看會否碰見阿飛。但自梅子村回來後，他似是有心避而不見。她的滿腹疑問得不到解答，只好等待下星期。

終於到了十六號。

朵朵喬裝打扮，戴上黑色鴨舌帽，架上把半張臉都掩蓋的太陽眼鏡，再圍上一條超厚的圍巾，配上過時的長裙，提前來到阿飛訊息中的咖啡室。

餐廳中有一張枱圍了三個男人，相當顯眼。她選坐在他們

旁邊的吧枱，等待阿飛。

三個男人談天說地，內容營養欠奉，朵朵聽到快睡着。當她要了第二壺**熱情果茶** 時，掛在門口的風鈴吹動，身穿簡單T恤牛仔褲的阿飛走了進來，神色不善。

梅村三虎看到他，熱情招他過去。

「飛，過來！很久不見嘞！」

阿飛沒理會三虎推給他的餐牌，冷冷開聲：「有話就說，有屁就放，我沒時間跟你們耗。」

「怎麼變得這樣**不近人情**？我們當初可是好哥們，甚麼偷雞摸狗的事都要一起做。」髮線過早後移的王國用肥厚的手拍着阿飛肩頭。

「連推倒寶樹也一起。」手臂健碩的二虎聲如洪鐘，他自以為風趣的一句話，引得王國一記厲目。

「很好，原來你們記得寶樹傾倒，在座的都有份。」阿飛不屑道。

王國悻然拍案：「寒一飛，我忍了你很久！你少擺出一張**正義的臭臉** ，當年我們三個敢當着雲朵朵的臉指證

95

她，只有你供她出來後怕得躲在家中，要村長保護，跟窩囊廢沒兩樣！」

阿飛咬咬牙，聲音像**繃緊的弦線**：「我沒有供她出來。」

「你們看！他到現在還不敢承認！」王國得逞地笑。

阿飛閉了閉眼，這段往事回憶起來並不舒服。

「張叔看到我們幾個上去找老樹，跟我爺爺 告密 。爺爺問我是不是雲朵朵做的好事，我說那是我做的好事。爺爺一直看不慣從外地搬進村的人，我承認的話最多被揍，但要是他知道事情與雲朵朵有關，就不是那麼容易解決。」

「爺爺叫我一口咬定是雲朵朵做，我不肯答應，他就打斷我的手，把我反鎖在房裏。直到雲朵朵他們一家被趕出村好幾天，爺爺覺得就算我到處說事情與他們沒關，也不會有人理會才放我出來。」

輕蔑的目光掃過眼前三人，他冷嘲熱諷：「你們為求自保，諉過於人，害他們一家被趕走。**這些年**還能有**良心**地**活着**嗎**？**」

「飛，話不能這樣說，雲朵朵也是自作自受。」叫二虎的大塊頭沉靜地道。「那時候，是她先提議爬上樹，還挑釁我們要是不敢爬上去就連狗糞也不如。」

「對！」王國再次用力捶枱，震得咖啡四濺 ☕，咖啡杯與碟子的碰擊聲，剛巧掩蓋了朵朵把匙羹跌到地上的聲音。「那株樹不就是因為它的傳說才沒被我們玩死嗎？只有雲朵朵那種不重視傳統、不尊重村莊經濟命脈的外來人才會提議我們爬樹。」

阿飛竊笑：「這麼義憤填膺，當時怎麼不見你對雲朵朵曉以大義？」

王國聽不懂阿飛一連串成語，他一時想起自己讀書與工作俱失敗，對比一身光鮮的阿飛，不禁怒從中來：「讀了幾年書就會拋書包？自以為很了不起，不認我們這幫兄弟了？」

「好笑，我有需要向一些背叛朋友 😡 的人拋書包？你們配嗎？」

「飛，當年最排斥雲朵朵的人是你，怎麼現在處處護着她？」二虎震動胸肌，企圖以身形主持公道。

「人會變，正如我曾把你們看成兄弟，但現在你們連我身上一根狗毛也不如。」阿飛彈去褲上一條金色的毛。

王國扯住阿飛衣襟，暴躁地站起身，撞倒了捧餐的侍應。侍應餐盤中的橙汁潑到朵朵圍巾上，他**慌忙道歉** 🙏。

「沒關係，不要在意。」

阿飛瞄了眼吧枱那邊。

四人中身材瘦小如柴、戴着千度近視眼鏡、一直沒發言的文朗忽然開聲，神經質地說：「其實我唸大學時有**翻查資料** 🔍。大樹倒塌前幾個月不是經常下大雨嗎？那不是簡單的雨水，而是由於多間工廠發生連環氣體洩漏，產生化學反應，加上太平洋的華美斯火山頻頻爆發引起酸雨。酸雨導致土壤的礦物質大量流失，而老樹缺乏保養，早已是**岌岌可危**，就算當年我們沒爬上去，大樹早晚也會傾倒。那時我們還小，其實那幾年梅子的收成差了很多，也不及以往好吃。」

文朗說完後，大家陷入沉默。

大塊頭哈哈一聲：「那只能說雲朵朵一家倒楣。」

文朗托托眼鏡，戰兢地望着阿飛：「飛哥，你覺得我們可

以還**朵朵**清白嗎？」

「有甚麼不可以？」阿飛溫和地說。「你儘管對村裏那幫迷信的老傢伙發表你的偉論。不過，我覺得你直接跟他們承認當年如何推卸責任，會讓他們容易理解。」

「寒一飛！你不能有話好好說嗎？」王國**氣紅了脖子** 😠 。

阿飛眼中寒光一閃，他挺起身不想再糾纏：「我跟你們早已沒話好說。」

🐾 ♥ 🐾 ♥ 🐾 ♥ 🐾 ♥ 🐾 ♥ 🐾 ♥ 🐾 ♥ 🐾 ♥ 🐾

離開咖啡館，沿路直走轉入公園，他在流動攤檔買了盒章魚小丸子，坐在樹下陰影處翹腳吃着。

「朵朵，不用裝了。」他連看也沒看一眼，躲在花叢邊扮賞花的朵朵渾身一震，慢條斯理踱步過去，坐在他身旁。

她低頭瞅着自己的手指，虛弱地說：「*所以，是我記錯* ❌ *了？*」

阿飛仰望悠閒舒展的浮雲，把最後一顆小丸子放進口裏：

「是啊，那晚你把我罵得狗血淋頭，我就知道你記錯了。」

「那……」她擰眉握拳。「為甚麼你當時不告訴我真相？」

他望向她：「因為沒差啊，朵朵。我身為村長的孫兒，非但沒阻止你爬樹，反而沉不住氣跟你一起鬧。以爺爺當年抓兇手的陣勢，你 **一定嚇壞** 😖，記憶才混亂。」

她斜眼看他左手，感到心驚膽跳，語氣更顯虛怯：「你是因為想保護我才被爺爺打壞了手。我還一直誤會你、恨你、罵你，把我悲慘的人生、不幸的愛情運都 **歸咎** ➡ 於你，我簡直不是人。」

她抓起頭髮，擋住自己臉上表情：「他們說得對，我根本咎由自取、自作自受，媽媽、姐姐與我關係疏離，還有我總遇不到真愛，都是我傷害了寶樹的報應。一切都是我的錯。我明白了！」

她站起身，對阿飛九十度鞠躬：「**對不起，寒一飛！**」拔腿匆匆離開公園。

阿飛出神遙望天際，上面的雲朵何其自在，而地上的「雲」卻喜歡作繭自縛。

第13章

一定要留下來！

朵朵做了個夢，這個夢比回憶還清晰。

夢中剛滿十歲的她扶着老樹，囂張的對同伴下戰書：「你們幾個男生都怕了這株樹，**我偏不怕**，我就不信甚麼大樹神！你們連一個女生也不如，不對，連大黃拉出來的糞便也比你們強！」

她向阿飛伸出**拇指朝下的手勢**👎。

「誰說我不敢？」

朵朵驚醒，冷汗涔涔。她知道這不是夢，這才是當年的真相──被塵封、被她強加扭曲的真相。

她哽咽一聲，捂住嘴，雙肩抖動，**淚如雨下**🌧。

❈ ♥ ❈ 🐾 ♥ 🐾 ❈ ♥ ❈ 🐾 ♥ 🐾 ❈ ♥ ❈ 🐾 ♥ 🐾 ❈

一連幾日，茱麗葉像一片貼身膏藥，死纏着朵朵，不論她

打包行李還是上廁所，牠都如形隨影。

「朵朵，為甚麼啊？你跟阿飛關係不是好轉了？你發現了花園的地道，知道羅密歐怎麼偷跑進來，你也沒生氣，連詛咒阿飛一句也沒有。平時你瘋狂用高跟鞋拍打、寫上『阿飛』的紙不是也被你扔掉嗎？你為甚麼還是要搬走？你搬走了阿飛就會被其他女孩捷足先登！近水樓台先得月啊，朵朵！」

終於，這天忙裏忙外的朵朵不小心踩到茱麗葉的長尾巴，痛得牠慘叫，其後便被罰禁足，只可以伏在公主床上不許動。直到屋外傳來羅密歐大叫：「我來了！」朵朵才推開門打開鐵柵，讓牠跟羅密歐在花園玩。

茱麗葉悶悶不樂伏在地上，羅密歐便把又大又重的狗頭枕在牠頭上，惹得壞心情的牠展開了一輪牙齒攻擊。

「少惹我！」茱麗葉暴躁地瞪着眨動無辜大眼的羅密歐。

「我想你呀！」羅密歐露出無害的傻笑。

「笨狗！都甚麼時候了？還顧着兒女私情！朵朵要搬走啦，她一搬走，跟阿飛就會少見，那麼她又會亂結交男

朋友，傷害自己！我不能讓這種事再發生！」茱麗葉正氣凜然，在羅密歐眼中極為動人，忍不住笑到流了串口水。

「**你這隻羅密狗**！除了笑你還會做甚麼？」茱麗葉生氣地吼，聲音大得連忙碌的朵朵也向窗外瞄了眼，問牠發生甚麼事。

羅密歐還是笑，牠發現每當茱麗葉氣得七孔生煙時，就會罵牠「羅密狗」。噢⋯⋯多♥親暱♥的叫法。

「我這就把阿飛帶來！」精力充沛的羅密歐沒聽見茱麗葉說甚麼，就拚了命似的四足狂奔衝出花園，沒想到阿飛就在外面，牠一時收掣不及，一頭撞上他。

阿飛望望羅密歐，再望向尾隨羅密歐走出來、罕見地在他小腿**兩手爬爬**、一臉有事相求的茱麗葉。這兩隻狗狗在盤算甚麼，他了然於胸。

收拾行李的朵朵眼角餘光瞄見阿飛，她迫於無奈地回應他的揮手。

她打開門，目光不知道該放哪兒地溜來溜去，拘謹一句：「嗨。」

阿飛留意到屋內差不多已是清空的狀況，漫不經心地問：「甚麼時候搬走？」

「對啦，**阿飛**！快施展**你的魅力**，阻止**朵朵搬走**！」茱麗葉緊張得咬牙切齒。

「明天。」

「牽起 **朵朵** 的手，叫她**不要走**！直接**求婚** 也可以！**我批准**！」茱麗葉叫嚷。

「需要我幫忙？」

朵朵略為猶豫，阿飛便替她下決定，笑笑：「明天我過來幫你。」朵朵啟唇欲說甚麼，被他打斷：「我們認識多久了，幫老朋友的忙，舉手之勞。」

「阿飛你現在是幫**倒**忙！」茱麗葉用力咬扯他褲腳。

「你有小鏟子？我去填平羅密歐挖出來的地道。」

朵朵頷首，她發現自己沒法拒絕阿飛的任何要求。自從她知道大樹倒塌的罪魁禍首是她，她便沒法面對阿飛，就算只是離遠瞧見他，她也覺得腦袋攪成漿糊，沒法思考，重感冒似的。

茱麗葉狠狠瞪了眼阿飛，那怒氣騰騰的目光足以燒穿阿飛

的背脊，但阿飛的脊梁還是好好的，牠唯有挫敗地縮在離阿飛最遠的一角自言自語。

羅密歐走到茱麗葉身旁。阿飛在那邊填平地道，羅密歐就在這邊挖土，夾雜細石的土壤都潑到茱麗葉身上。

牠怔怔凝視羅密歐引發的 **沙塵暴**，靈光一閃。

「羅密歐！羅密歐！」

羅密歐回頭一看，驚訝道：「茱麗葉，你怎麼一臉黃沙？」

受害人茱麗葉卻掩不住興奮：「上次幫我們找到車票的石頭，是不是無所不能？不論我有何難處，牠也可以幫忙？」

羅密歐想了想：「我覺得是的，只要石頭願意出手。城市裏很多狗狗都欠牠人情。」

茱麗葉瞇起眼，**高深莫測** 的表情，說：「你聽過《羅密歐與茱麗葉》這故事嗎？」

「那不就是我們的故事嗎？」羅密歐動情地挨向茱麗葉，換來下巴的肉肉被狠咬了一下。

「正經點！人類版的《羅密歐與茱麗葉》，二人最後殉情，但你知不知道這個故事有狗狗版？就是茱麗葉為了讓結怨的兩

105

家人和好，**服毒藥死了** 🍶，而牠也得償所願。至於羅密歐很快從失去情人的悲傷中復原。」

　　牠定定望着羅密歐，在茱麗葉那無比專注，彷彿整個世界的景色都褪去，只餘下羅密歐存在的目光之下，一向傻氣的羅密歐慢慢收斂笑容，心中莫名涼了一截。

以死相迫

臨別的一天來到了。

陽光普照，一綹流雲也沒有，擦身而過的人各懷目標前往目的地。

阿飛與朵朵合力把**沉甸甸的紙箱** 放上手推車。此刻，他們二人二狗一同前往巴士站，朵朵與小型貨車司機相約站內。阿飛推着手推車，羅密歐威風的坐在最頂的紙箱上；朵朵為他們二人撐傘，擋住當頭日照；茱麗葉鬧情緒，不跟羅密歐坐在一起，跟在朵朵身側小跑步。

二十分鐘左右便來到巴士站，司機沒幾下功夫便把十多個紙箱整齊疊在座位後的空間。

「那……就這樣。」朵朵快速掃了阿飛一眼，因為不知所措，所以不想面對。讓一切 **亂七八糟** 的擱在這兒吧，她再也不用碰觸，只是她對他……算吧，剪不斷理還亂，就當她

對不起他。

「來吧，茱麗葉。」她輕拉茱麗葉，原本好好在一旁等待的牠赫然抽搐，發出驚天慘叫後昏倒過去。

朵朵刷白了臉，跪在茱麗葉旁邊，**方寸大亂**，阿飛也蹲了下來。

羅密歐呆立當場，茱麗葉死灰色的臉在牠眼中無限放大，一句話突然闖進牠腦海。

「茱麗葉為了讓結怨的兩家人和好，服毒藥死了。」

羅密歐猝然**厲聲慘叫**，牠撲在茱麗葉身上，又叫又哭，聲音淒厲似殺豬嚎叫，令途人側目，以為這兒發生可怕的兇案。

羅密歐一會兒壓在茱麗葉身上，一會兒抱着阿飛的腳，呼天搶地：「阿飛快救茱麗葉！牠一定找了石頭要毒藥服毒自殺！**茱麗葉要死了**！牠不能死啊！牠是為了朵朵才自殺，你們要救牠！嗚啊，茱麗葉！」

羅密歐的嘴巴突然傳來劇痛。

「羅密狗！你這隻笨頭笨腦的狗！你這樣吵來吵去，我怎

麼 **繼續裝死** ？」茱麗葉暴跳如雷，破口大罵，猶如潑婦罵街。

　　羅密歐可憐兮兮：「我以為你找了石頭拿毒藥，我怕你死掉了！」

　　「我本來是，但我忘了怎麼去！本小姐是路痴不行嗎？你快滾開，我要繼續裝死。」

「可是‥‥‥他們已經知道你沒事‥‥‥」

　　直到此時，茱麗葉才驚覺自己做了甚麼。

　　「羅密狗！都是你害我功虧一簣！我要跟你拼了！」

　　朵朵目瞪口呆的望着上一秒還昏死過去的茱麗葉，轉眼就魂兮歸來，動如脫兔，還追着羅密歐咬，把牠迫到肚子朝天縮在電燈柱下乞憐。

　　「這是上演哪一齣？」她喃喃自語，額頭忽然一痛。

　　阿飛彈了她的額，不耐煩道：「我說過了，牠們相愛。你硬要 **棒打鴛鴦**，茱麗葉唯有出此下策，裝死騙你留下來。」

　　「牠們怎麼可能相愛？」比起質問，以難以置信來形容朵朵的口吻更為貼切。

109

那邊廂，羅密歐諂媚地抖動肉掌，搔搔茱麗葉下巴示弱。但茱麗葉不賣賬，只要翻着肚子的羅密歐一動，茱麗葉便齜牙咧嘴。

「你能相信 **梅樹神** 〇 令你絕情斷愛那些鬼話，要接受牠們相愛有多難？」阿飛反諷道。

朵朵一時語塞。那存心被她擱置的話題，還是摸到路回來。

「雲朵朵，按你的說法，我左手半殘廢，也是做了甚麼壞事應有此報？」

朵朵心裏打了個突，望進阿飛清亮的瞳孔中，認真地說：「飛，是我連累了你，你不該有這樣的下場，一切都是我的錯。**你怨我吧**，千萬不要有奇怪的想法。」她握住他雙手。

他打掉她的手，一臉乖張：「對，就該怪你。要不是你，我就能擁有正常人的人生，不用從小被歧視，工作也不會飽受白眼，這都是你雲朵朵種下的禍根……你以為我會這樣說嗎？」

朵朵抬起原本 **愈垂愈低** 的頭，滿臉疑惑。

阿飛冷哼一聲：「省省氣吧，別妄想我會這樣說，以減輕你的罪疚感。你雲朵朵是甚麼重要的人？值得我十多年來，只要生活不順就想起你、怨怪你？我的人生過得好壞都是我的選擇，你別亂摻和。」

　　阿飛說得擲地有聲，而且話中有話，朵朵反應不過來。

　　高大的他轉過身面向朵朵，正好擋住了太陽。耀眼的陽光圈在他身上，整個人 光芒萬丈，朵朵看得目眩神迷。

　　「拿過去的不幸去詮釋現在的不順，是白痴才會幹的蠢事，除了一直陷在過去，還有甚麼意義？過去的早已過去了。別再做一個空有外表成長，而智商停止發育的人。」

　　阿飛每句話都很刺耳，但每一個字都與她內心深處產生某種神奇的共鳴。他那挑釁的目光深沉如海，把她直撲倒 拖捲進大海的深處。

　　「茱麗葉與羅密歐一直很用力的相愛，你真的忍心為自己過不去的坑而拆散牠們？」

　　朵朵緩緩望向電燈柱下，牠們已偃旗息鼓，端坐着以說故事的眼神回望她。

沒由來的，那刻一個不屬她的念頭，如 **電虹燈** 般在她腦海顯現：

留下來吧，朵朵。

她全身起了雞皮疙瘩，驀然回首看向阿飛，他的目光中全無怨尤，而且她之前怎麼沒有注意到他是如此挺拔，稚氣已換上成熟。原來，他早已不是當年那四小虎之一了。原來，梅子村的事已經 **過去很久了**。

她的視線再沒法從他身上移開，嘀咕：「我是個活在過去的現代人啊……」

四個月後。

結果，那天她重新把清空的房子填滿，還好因她突然退租，包租婆還沒開始招租，她又回到這個地方。

這幾個月，她想了許多，簡直把她的人生倒過來一一檢視。她一直認定大樹倒塌一事她做了 **炮灰**，而神明也不分青紅皂白懲罰她，教她和她全家人與幸福絕緣。

是阿飛提醒了她。

那些年她遇到的人，她都沒有很喜歡。只是急着要證明給媽媽看，她有資格享有幸福，才將就地跟每個追求她的人在一起。說難聽一點，她是帶有目的地談戀愛。現在回想起來，每次戀情告吹，都是得到 命運之神 ◯ 的眷顧吧。

每個人感情狀況如何，只有當事人知道。正如媽媽離婚、姐姐被騙，都有她們各自的理由，只是因為她們不想面對自己，便諉過於人。從來看清自己的陰暗面都不是容易的事，但比起繼續推卸責任，要別人為自己的幸福負責，不如坦然接受自己 🫴，反令她心中更平靜。

過去對梅子村的厭惡、對阿飛的怨懟、對媽媽的不憤，彷彿化成雲帆隨波浪起伏遠去。以前是她把自己丟進狂風暴雨，而她渾然未覺，但以後，她會重新執掌要以何種態度生活的權利。

❀ ♥ ❀ ♥ ❀ ♥ ❀ ♥ ❀ ♥ ❀ ♥ ❀ ♥ ❀ ♥ ❀

在盞盞路燈指引下，朵朵聽着英文歌，踏着輕快的腳

步 🦶，提着大包小包走回家。

自從養了茱麗葉後，放假時都會陪牠，就算約了好友出去茶聚都是短短兩三小時，已經很久沒試過瘋玩一整天。

不過，這天她很**放心**把茱麗葉交給阿飛託管。以往數不清多少的男朋友中，從沒有一個可以讓她安心暫託茱麗葉，他們不了解寶貝對於她的意義，甚至吃醋。但是，阿飛既不會吃醋，甚至……她懷疑他有看穿寶貝想甚麼的能力。

她突然意識到自己想甚麼，臉一熱，罵道：「去！他當然不會吃醋，**他又不是 我的誰！**」

好友的話卻鬼鬼祟祟潛入她腦海：「喲，你不是一直想找一個愛屋及烏的男朋友嗎？」

「去去去！」她**發瘋地晃腦**，想把朋友的話甩出腦海。總之，她總算認清即使單身一輩子都沒所謂，她可是非常喜歡現在的自己。

朵朵穿進公園，遠遠看到阿飛坐在凳上，往遠方拋布娃娃。茱麗葉與羅密歐一同飛奔追娃娃，明明羅密歐領先在前，但快碰到娃娃時，牠故意放水般停下來用前掌抓鼻子。茱麗葉

輕鬆叼住娃娃，卻放在羅密歐腳前，最後牠們一人咬住娃娃一邊回到阿飛面前。

雖然匪夷所思，但那刻她看出牠們兩個都捨不得搶先過對方。難道……茱麗葉真的與羅密歐相愛？

茱麗葉發現了朵朵，飛也似的衝向她，繞着她跑。

朵朵望着阿飛站起身向她瀟灑走來，她感到心臟急促跳動，氧氣不足似的，還好有夜色 🌙 掩飾她的窘態。她從塞滿戰利品的大袋中取出一盒東西，扔給阿飛。

「栗子切餅，寶貝的託管費。」她故作不在乎地道。

「羅密歐的伴手禮呢？牠可是最賣力，對不對？」他壓下羅密歐的頭。

「牠跟我寶貝約會一整天，不是已經便宜了牠嗎？」

阿飛投來曖昧的目光，她愈顯發窘。

「喂，寒一飛。我打算下星期回家看我媽。這些年，我忙着怪責她不信任我，沒有好好關心她。我與她之間，其實並不需要漸行漸遠。」

「帶上茱麗葉吧，狗狗總是有化解人們心結

的能力。」

今夜無風也無星，但在她迎上阿飛深邃的目光那刻，她看見了此生最絢爛的星光。

「是呢。」她柔柔一笑。

茱麗葉的尾巴纏上羅密歐的，牠們伏在地上頭碰頭，對着牠們的主人微笑。

（完）

阿飛與羅密歐

經歷多次左手使用過度而失去知覺，阿飛還是沒學會教訓，只要遇到有意思的原著，他就會馬不停蹄、**廢寢忘餐**地翻譯。這本新版的《羅密歐與茱麗葉》顯淺之餘文筆優美，在家工作的他比出版社原定時間早了一個月完成翻譯，但換來的結果就是他的左手被**針戳** 📌 也沒感覺。

他從不埋怨爺爺打斷了他的手，要不是爺爺，恐怕他早就夭折。只是失去左手真的很不方便，也使他變得脾氣暴躁。

他買了個和牛漢堡包坐在公園，**神色陰暗** 👤 地咬着包。他周圍彷彿形成看不見的黑色氣團。就算旁邊有座位，也沒有人敢坐，而他此刻也不想被任何人搭訕。

一臉風雨欲來的他驀地感到膝蓋一沉，煩躁的心情正要發作，在看見膝上的東西後，脾氣轉瞬消散。

一隻從沒見過的**柴犬** 🐕 把頭擱在他大腿上，那串長

長的口水自牠嘴角流到牛仔褲上。精瘦的柴犬渴望地盯着他手中的漢堡包。

他咬了一小口麵包吐到地上，柴犬**餓鬼投胎**般，連咀嚼也沒有便吞進肚子裏。牠在他面前端坐，前掌交替提起來碰他的腳。

他咬住漢堡包，從褲袋抽出紙幣，壞心眼地對柴犬說：「我一個也不夠吃，給錢你自己買食物。」

沒想到柴犬真的含住了二十元紙幣，跑向噴水池那邊的**墨西哥捲餅** 攤檔。

他被柴犬逗笑了，喝了聲：「回來！」

那天，阿飛陪柴犬在公園等待了一個下午也不見其主人。雖然他租住的地方不給養狗，但這一帶最近發生毒狗傳聞還鬧得相當兇，他怕牠一命嗚呼便偷偷帶了回家。為了方便叫喚，就隨便取了一個近來不停在他腦海徘徊的名字：羅密歐。

幾天後，他知道牠是一隻*被遺棄的狗*。後來搬過幾次家，終於找到一間擁有花園、可以養狗狗的兩層平房。

雖然這個室友來得突然，不過阿飛漸漸發現，有羅密歐陪

伴，偶爾左手失去感覺也不難熬。看着那張憨厚的臉，他不禁想，**無論遇到甚麼問題都會有過去的一日**，不必過分煩心。

也許，阿飛永遠不會知道羅密歐當初為甚麼會選擇他，不過以後會讓牠知道，牠沒有做錯決定。

羅密歐與茱麗葉

只要看到這個男人（朵朵的男友，許昌），茱麗葉的心情就很惡劣！

這一年朵朵的眼光每況愈下，結交的男友一個比一個差，當中以走在牠前面的這個 **最差** 👎！獐頭鼠目、賊眉賊眼，瞟向牠的目光分明不懷好意，可朵朵卻被他的甜言蜜語哄得暈頭轉向，大概連牠是臘腸狗抑或查理斯王小獵犬，也分不清吧。

有時茱麗葉真的搞不懂她，自己一個也可好好生活呀，為甚麼非要跟這些 **歪瓜裂棗** 一起不可？

那個叫許昌的男人又看過來，比起平日在街上出巡時，同類傾注在牠身上的目光，這男人的眼神簡直令牠一陣反胃，幾乎想拔光被他視線接觸過的毛髮。

「哼！」茱麗葉臭着一張臉，蹂躪那男人在街燈下的影子，恨不得可以用她 **嬌小綿軟的 小腳掌** 把 **影子** 的 **真**

身 踏碎 。

一聲嘻笑聲打斷茱麗葉的思緒，牠抬起沒來得及轉換表情的臉，對上了坐在嬰兒車吸吮棒棒糖的男孩。

他們對望片刻，氣氛緊張。男孩忽然大笑了一聲，似乎覺得壞心情的茱麗葉很有趣，對牠展開雙手，黏滿唾液的棒棒糖從男孩手中飛脫出去，像磁石吸鐵般貼住了茱麗葉最引以為傲的毛。

男孩看到糖果沒了，傷心得哇哇大哭，他的父母連聲道歉，推着男孩快步離開。

朵朵俯視茱麗葉，下一秒**笑崩了氣**，蹲下來直拍地。

她的寶貝可是多愛美，多重視牠一身柔軟如絲緞的毛髮，現在竟直直插進一根七彩繽紛的棒棒糖，這畫面實在太爆笑了。

茱麗葉相當無奈，毛髮髒了也沒法，那男孩已哭得肝腸寸斷，難道還要責備他不成？

許昌不了解朵朵在笑甚麼，他只想快點把朵朵送回去，然後到酒吧跟**損友**歡聚。但為了討朵朵歡心以便進行他的計

劃，只能**忍氣吞聲**，不能露出半點不耐煩。

茱麗葉並不知道這一幕還落入某對晶瑩的眼睛。

羅密歐平時遇到茱麗葉，牠都是拒人千里的驕傲模樣，但這晚牠竟然捕捉到茱麗葉難得展露的體貼。原來美得不可方物又孤高清冷的牠，擁有一顆 美善的心 ，就像阿飛一樣善良。牠的心融化了。

阿飛聽見許昌輕聲催促，把那狗主喚作「朵朵」。雖然這世間叫朵朵的人不少，但他直覺那是他認識的唯一一個朵朵。

朵朵感到一道奇怪的目光，抬頭便撞見阿飛陌生的臉。她不以為然地別過臉，試圖幫茱麗葉拔掉棒棒糖。

那刻，朵朵覺得自己是世上最幸福的人，既擁有美滿的愛情，又有愛犬。

那刻，阿飛直覺許昌不是個好東西。

至於羅密歐，在那刻，初嘗了 愛情 的 滋味，牠決定此生除了吃喝拉睡外，還要與茱麗葉分享牠的一切。

而茱麗葉，天見可憐，牠只想洗個美美的澡！

後記

波祺創作學堂

如何提升閱讀興致？

關於閱讀，有兩件趣事想跟大家分享。一，是我一個認識快二十年的朋友，求學時期從不閱讀，近來竟然說她愛上在網絡看小說，跟我聊信息開始拋書包，又說哪個作者文筆好，敬佩得要五體投地。

另外，是我跟老媽大讚一本外國巨著如何精彩絕倫，她便失憶地再一次向我推介她中學時看的《歌聲魅影》，說作者營造的鬼影幢幢的氣氛如何教她心寒。我說我早看過的同時，跟她說：「我中學看的是《哈利波特》。」

很難判斷我是先喜歡閱讀，還是先醉心於寫作，反正這兩個都是我自小的興趣。不過，肯定的是，多閱讀一定能提升語文水平。不然空有想像力，而腹中缺墨水，也是非常痛苦。

那時，我在學校圖書館隨意翻閱看來有趣的書，假日則跟着媽媽到書店尋找有緣的書。我媽好像從不干涉我在讀甚麼類型的書，有段時間迷上日本驚悚小說家赤川次郎（比起三色貓

系列，我更喜歡他其他古怪的小說），她還幫我買了他最新出版的書回來，沒有單憑那嚇壞人的封面設計就把赤川次郎列入黑名單。

很多同學都覺得手中總是捧書的我是個怪胎，對我貼上許多標籤，例如書呆子、書蟲，或者背後評論我是個裝清高的人，其實只是他們不懂看文字的樂趣。別人眼中以為我在咀嚼沉悶的黑色字體，殊不知我已經進入了另一個空間，眼前根本不是文字，而是隨劇情而來的魔法大戰、險境求生、正義浴血奮戰邪惡。你以為只有進入戲院才能看電影？錯了，一本小說已經是一部電影，教你喘不過氣。

以前我認為閱讀一定要有始有終，無論一本書多沉悶，或者與作者有思想的抵觸，還是要堅持，猶如進行一場革命。但後來，我開始跳躍式的閱讀，不必把每個字都吃進肚子裏，覺得沉悶的段落便跳過，絮絮不休的書也放下，不再追求經歷千辛萬苦終於合上書那刻，所發出「我看完了！」的嘆息。

你總會遇到你愛不釋手或者棄如敝屣的書，不必執着它是否有名氣，只管跟隨你心意去選擇閱讀的口味，漸漸你會發現閱讀是一件自然而然的事，連「找個時間」閱讀也不用。

看書就是這麼好玩的事。如果你真的翻開書本便打呵欠也不要緊，也許屬於你那本「有緣書」還沒出現。也許，它會透過其他文字方式向你展現自己。

好啦，下次再見！希望這本書能帶給你愉快的體驗！

皮蛋妹真身，你能在書中找到牠的相關段落嗎？

結文才發現，全書沒有一個地方出現我的狗弟弟波比，唯有放牠在這兒。牠是我的靈感男神。

少年名著奇幻之旅① —— 羅密狗與茱麗葉

原著：威廉·莎士比亞
改編：波祺
插畫：岑卓華
版面設計：麥碧心(designed using resources from Freepik.com)
責任編輯：高家華

出版：跨版生活圖書出版
地址：荃灣沙咀道11-19號達貿中心211室
電話：3153 5574　　　　傳真：3162 7223
網頁：www.crossborderbook.net
專頁：www.facebook.com/crossborderbook
電郵：crossborderbook@yahoo.com.hk

發行：泛華發行代理有限公司
地址：香港新界將軍澳工業邨駿昌街星島新聞集團大廈
電話：2798 2220　　　　傳真：2796 5471
網頁：http://www.gccd.com.hk
電郵：gccd@singtaonewscorp.com

台灣總經銷：永盈出版行銷有限公司
地址：231新北市新店區中正路499號4樓
電話：(02)2218 0701　　　傳真：(02)2218 0704

印刷：鴻基印刷有限公司

出版日期：2021年6月第1次印刷
定價：港幣68元　新台幣290元
ISBN：978-988-75023-6-4

出版社法律顧問：勞潔儀律師行